伯爵夫人

蓮實重彥

新潮社

伯爵夫人

Ⅰ

傾きかけた西日を受けてばふりばふりとまわっている重そうな回転扉を小走りにすり抜け、劇場街の雑踏に背を向けて公園に通じる日陰の歩道を足早に遠ざかって行く和服姿の女は、どう見たって伯爵夫人にちがいない。こんな時間にこんなところで、いったい何をしているのかと訝しみつつ、あからさまにあとを追うのもためらわれたが、ほんの数歩も進まぬうちに、あたかも狙いすましたかのように女は振り返り、まあ二朗さん、こんな時間にこんなところで、いったい何をしてらっしゃるのとあでやかに微笑みかける。またまた辛気くさい欧洲の活動写真でもご覧になってらしたのかしら。出てきたばかりの活動小屋にかかっていたのはごく他愛もない聖林《ハリウッド》製の恋愛喜劇だったから、「辛気くさい欧洲の活動写真」などではなかったのだが、どうやらこの女には見すかされているという忸怩たる思いを晴らすべく、いえ、今日は朝早くからあなたの行動をじっと監視しておりましたと思いつきのいい逃れを口にしてみる。あのビルヂングの地下で密会しておられたお相手の素性だって、ほぼ突きとめております。

まあ、ご冗談をと襟元に軽く手をそえ、濃い臙脂のショールを細い指先で代赭《たいしゃ》色のコート――あんな色の、と母が蔑むようにいっていた――の胸もとに整えながらそのでまかせを受け流し、じゃあ、せっかくですからご一緒にホテルへまいりましょう、ついておいで遊ばせと歩を早める。もっとも、このたまたまの出会いだって、人目を忍ぶ密会と勘違いなさるお方もどこかにはおられましょうから、今日のところはひかえておきましょうかと婀娜《あだ》っぽく首をかしげ、黒いハンドバッグを胸にあてながら上目遣いに二朗を見上げる。とんでもない、ぜひともお伴させていただきますとつとめて冷静さを装うと、ただただ苦いだけで何の薫りもしない褐色の熱い液体を、誰もが珈琲と呼んで恥じる風情も見せなくなってしまったこのご時世に、あそこの茶室でのお点前だけはさすがな趣きをとどめておりますから、この密会――ということにしておきましょう、ね――にふさわしく、二人でしんみりと賞味させていただきましょう。いたるところで物資の欠乏が本格化しているので、国産のお抹茶だって、いつなくなっても不思議ではありませんからね。

立ち止まりもせず淀みなくそう語りかける影につつまれた女の横顔を、リズムは衰えながらもなおばふりばふりとまわっている重そうな回転扉の西日の反映が、見てきたばかりの活動写真の一景さながらに、二度、三度となまめかしく照らしだす。それにしても、目の前の現実がこうまでぬかりなく活動写真の絵空事を模倣してしまってよいものだろうか。そう呟きながら、二朗は、いま見た恋愛喜劇で聖林の女優が着ていた瀟洒なドレスを伯爵夫人にまとわせたらどうだろうなどと、埒もない空想にふけってしまう。写真で見くらべてみたことがあるが、夜会服姿の伯爵夫人のデコルテの着こなしは、鹿鳴館時代の祖母などとは段違いに堂に入っており、はっとするほど思いきりのよいものだったからだ。

もちろん、誰から——あるいは、何から——遠ざかろうとして、彼女があのビルヂングの重そうな回転扉を小走りにすり抜けたのか、それを知ることにまったく興味がなかったわけではない。だが、しばらく前から同じ屋根の下で暮らしている伯爵夫人と肩を並べてこの界隈を歩くのは初めてのことなので、人影もまばらとはいえ、何やらこそばゆい思いがしたのも否定しがたい。死んだ兄貴が臺北《たいほく》のテイラーにひと晩で誂えさせたという一張羅の三つ揃いを着ているので、父のおさがりの古めかしい伯林《ベルリン》製の外套をクロークルームにあずけても高等学校の生徒と見とがめられることはまずあるまいから、和服姿の伯爵夫人に同伴してホテルに足を踏み入れてもさして見劣りはしまいとひとまず胸をなでおろす。

お背の高さといいお顔の彫りの深さといい、亡くなられたお祖父さまにそっくり。年輩の親類縁者は口をそろえてそう証言しているが、二朗には祖父の記憶がほとんどない。

とはいえ、この女が本物の伯爵夫人ではなかろうことぐらい、誰もが薄々とながら勘づいている。そもそも、華族会館の名簿にはそんな名前などまったく見あたらないと級友の濱尾はしたりげにいってのける。だが、あれは結婚前の名前だろうし、それに昨今の歐洲でなら、爵位ぐらいはいくらでも金で買えるはずだと二朗は抗弁する。実際、彼女の海外生活は充分すぎるほど長いものだったらしく、巴丁巴丁《バーデンバーデン》での季節はずれの湯治だの、古馬《コモ》湖畔での短い夏の休暇だの、佛領印度支那のホテルの冷房のきいたボールルームでの舞踏会だのといった話題もそれとなく口にしていたし、バッグやスーツケースのほとんどはれっきとした倫敦《ロンドン》製である。

騙されちゃあいけない。そんなもんなら、客引きどもの群れをかいくぐって上海の英吉利《イギリス》租界をしゃかりきにさがしまわらなくたって、いまでは新嘉坡《シンガポール》のごく清潔な洋品店でいくらでも手に入る。上海にも新嘉坡にも行ったことなどあるはずもない濱尾は、まるでその目で見てきたかのようにそういいきってみせる。なるほど彼女の名前は、結婚前のものかもしれない。だが、れっきとした伯爵とその奥方とを少なくとも三組は見かけた例の茶話会で、遠くからそっと「伯爵夫人……」と呼びかけると、あの女はさりげなく振り返り、それとなく声の主を探ろうとする。本物の伯爵夫人が、そんな物欲しげなそぶりを演じたりするもんかね。ことによると、あれは爵位とはいっさいかかわりがなく、間諜どもが敵味方を識別するために口にする源氏名みたようなものかもしれない。そんな正体不明の女が、このご時世に、いつの間にか貴様の家に住みついてしまったのはなぜか、その理由を、二朗くん、多少とも真剣に探ってみたことはあるのかい。

いまのおれには、そこいらにうろついている特高警察の真似ごとをして悦にいってる余裕なんざあ、これっぽっちもない。そうそっけなく応じてはみたものの、たしかに、血縁ではなかろうこの中年女性が自宅に同居することになったのはなぜか――その気になって探ってみれば、それなりの深い理由にたどりつけもしようが――を両親に問いただしてみたことはなかったし、また、そっとしておくことがどうやらお家のためでもあるだろうと、二朗は理由もなく自分にいい聞かせていた。それに、このあたくしの正体を本気で探ろうとなさったりすると、かろうじて保たれているあぶなっかしいこの世界の均衡がどこかでぐらりと崩れかねませんから、いまはひとまずひかえておかれるのがよろしかろうといった婉曲な禁止の気配のようなものを、とりたてて挑発的なところのない彼女の存在そのものが、あたりにしっとりと行きわたらせている。

二朗の家族と食卓をともにすることはなかったが、亡くなった祖父――母方の、である

――の時代に建てましさせたものだという南向きのだだっ広い洋間にひとりで寝起きし、献立の異なる料理を朝昼晩運ばせ、ときおり機械仕掛けのピアノなど響かせているこの女は、納戸から厠まで、あるいは夜半にむつごとが洩れたり、どうかするとあられもない嬌声すら聞こえかねない両親の寝間に通じる薄暗くて細い廊下をも、まるで住み慣れた自宅のようなこだわりのなさですたすたと歩きまわり、風呂の湯加減について、誰よりもきっぱりとした口調で女中たちに文句をつけたりもする。

いっそのこと、ちょっと奮発して、円筒形の長細い瓦斯《ガス》の自動給湯器でも伯林あたりから取りよせてはいかがかしら。誰にいうとなくそんな言葉を洩らしはするが、ことあるごとに倹約、倹約と叫ばれ始めたこの時代に、父がまともにとりあうはずもない。母は母で、まるで何も聞かなかったかのように、噂されている瓦斯や石炭の欠乏にそなえて考案したのだという保温にふさわしい薪木のくべ方を、手ずから女中たちに伝授して見せたりしている。お公家さんじゃあないとはいえ、まがりなりにも子爵の長女として生まれた貴様のおふくろさんが、湯殿の焚き口にうずくまって煤にまみれているなんざあ、まったくもって世も末だというほかはない。濱尾は、深く嘆息する。伯爵夫人も罪つくりなことをしでかしてくれたもんだねえ。

あら、伯爵夫人のことでしたら、あの方はお祖父ちゃまの妾腹に決まっているじゃないの。蓬子はこともなげにそういってのけるが、まだ少女の面影をとどめた従妹の口から洩れる「めかけばら」という不穏な音の響きに、まだ誰にも触れさせたことはないという彼女自身の骨の浮いた白っぽい下腹を、二朗はついつい想い描いてしまう。一色海岸の別荘――次女である彼女の母親が、祖父から受けついだものだという――の、いくら戸締まりをしてもどこからか砂粒がまぎれこんでくる薄ぐらい納戸に二人して身を隠し、一回こっきりのことよと瞳を閉じた蓬子が、さわやかに毛の生えそろった精妙な肉の仕組みをじっくりと観察させてくれたのは、国境紛争が厄介な展開を見せ始め、父がかつてなく深刻そうに顔を顰《しか》めていたころのことだ。

いずれ、手遅れにならないうちに、二朗兄さまの尊いものもとっくりと拝ませて下さいな、げんまんよ。そう口にしながらあっけらかんと笑いかけるためらいのなさが、心の機微とはいっさい無縁の背伸びした振る舞いでしかないと意識させてくれたから、二朗も妙な気にならずに医学的な興味に徹することができたのだが、離れた茶の間の柱時計がのんびりと四時をうつのを耳にしてそろそろころあいだなと思い、ぺちゃんこな胸を隠すように両腕で抱えた膝小僧に顎を乗せている蓬子のちっぽけな足に手をそえ、こびりついた砂粒をはらってやろうとやや無理な姿勢をとらせて土踏まずにふっと息を吹きかけると、いきなりぷへーとうめいて全身をわななかせ、今日のところはそこまでで堪忍しといて頂戴など懇願するような瞳で訴えかける。

母親に似て根が好色だというより、むしろ無鉄砲な大胆さをモダンな女性にふさわしいことと信じていたらしいその従妹も、いまでは帝大を出て横浜正金銀行に勤め始めた七歳も年上の生真面目な男の許嫁の役割を、両親が眉をひそめるルイーズ・ブルックスまがいの短い髪型のまま——結婚式の高嶋田は、鬘ですませるつもりなのだろうか——さりげなく演じきっている。それが、手遅れにならないうちにという言葉の意味だったのだろうか。それとも、しばらく前からささやかれている大陸での武力衝突の本格化や、馬来《マレー》半島から浡泥《ボルネオ》、さらには太平洋方面への戦線拡大が、いまでは避けがたい現実となり始めているとでもいいたかったのだろうか。

ついせんだってのことだが、亡くなった兄貴の書斎にとじこもり、濱尾と二人で祖父の残してくれた倫敦製の重くて大きな十九世紀末の地球儀——そこには、もちろん満洲國など存在しているはずもない——をぐるぐる回しながら、いかにも軽くて安っぽい国産の地球儀とあれこれ比較し、さすがに蘇聯邦ほどではないにせよ、満蒙地区を含めた支那大陸の広大さを改めて認識し合っていると、妙におめかしをした蓬子がココアの缶を盆に乗せて入ってきた。ああ来てたのかい、よもぎさん、それにしても、しばらく見ないうちにめっきりと女っぽくなったねえという濱尾のお世辞をあからさまに無視し、角張った白いコルネット姿の尼僧が手にしている盆の上のココア缶の図柄を自慢そうに指さすと、そこに描かれている角張った白いコルネット姿の尼僧が手にしている盆の上のココア缶にも同じ角張った白いコルネット姿の尼僧が描かれており、その尼僧が手にしている盆の上にも同じココア缶が置かれているのだから、この図柄はひとまわりずつ小さくなりながらどこまでも切れ目なく続く、つまり無限に零へと接近するかに見えて絶対に零にはならないのよねと、この商標のココア缶を見ながら誰もが口にする話題をひとまず披露しながら無理に笑ってみせ、その香りのよい粉末をスプーンで律儀にカップに取りわけると、火鉢で煮えたぎっていた鉄瓶の湯をゆっくりとそそいで二人にさしだし、自分自身は飲もうともせず、スカートごと両腕で抱えた膝小僧にちっぽけな顎を乗せ、われわれの埒もない無駄話にひとまず耳を傾ける。

ときおり地球儀に手をあてがったりしながら、しばらく黙って濱尾の饒舌に聞き入っていた従妹は、昨日まで友軍だと気を許していた勇猛果敢な騎馬の連中がふと姿を消したかと思うと、三日後には凶暴な馬賊の群れとなって奇声を上げてわが装甲車部隊に襲いかかり、機関銃を乱射しながら何頭もの馬につないだ太い綱でこれを三つか四つひっくり返したかと思うと、あっというまに地平線の彼方に姿を消してしまい、あとには味方の特務工作員の死骸が三つも転がっていたなどというどこかで聞いた話を自慢げに口にしていた濱尾に向かって、いきなりルイーズ・ブルックスまがいの短髪を震わせながら、そんな卑劣な連中は断固として膺懲《ようちょう》するしかありませんといってのけ、われわれを呆気にとらせた。

でもねえ、よもぎさんよ、そんな連中といったって、それが誰なのかは一向にわからんのだよ。何しろ国境線もさだかならぬ峨々たる丘陵地帯を自在に馬で駈けぬけ、ときには散発的ながら八路軍にも攻撃を仕掛けているようで、ことによるとその騎馬の群れにはわが同胞だって何人かまぎれこんでいるのかもしれないんだぜと濱尾がいうと、蓬子はすっくと立ちあがって人さし指で倫敦製の地球儀をつんと勢いよく回し、北海道の位置をぴたりと指さしてそれを止めると、このわたくしだっていざとなったら修道院に入り、角張った白いコルネット姿の尼僧になる覚悟でおりますから、卑劣な連中はやっぱり卑劣な連中として膺懲せねばしめしがつきません。そういいはなつと、ココア缶をのせた盆を大事そうに両腕でかかえ、唐紙も閉めぬままふいと出ていってしまう。

婚約者もいる身なんだから、いくら何でも修道院はなかろうにねと二朗は嘆息する。あいつと婚約してからのよもぎさんは、どうも妙だぜと濱尾は言葉をつぐ。おれがいいたかったのは、支那大陸のような無闇とだだっ広い人影もまばらな地域に思いつきでちまちま兵を派遣したって、とても勝ち味はなかろうということだったんだが、いかにも陸軍の上層部が口にしそうな「ようちょう」などという大げさな漢語を涼しい顔でいってのけたりするあの女は、どうやらもう生娘ではなくなってるぜ。まるでそれは貴様のせいだと難詰するかのように、濱尾はじっと二朗の顔を覗きこむ。うちの姉貴の婚約時代の豹変ぶりからいえることだが、あの年頃の娘というものは、いったんからだを開いて受けいれた男のいうことなら、何でも信じてしまうものだ。ことによると、あの横浜正金は、中学で同期だった連中なぞを介して、恥じらいもなく「膺懲」などといってのけたりする陸軍の戦線拡大派と一脈通じてるのかも知れない。

それに、あの二人の仲を取りもったのは、間違いなく伯爵夫人だ。級友は、したり顔にそうもいってのける。あまり出来のよいのはおらんが、適齢期の華族の長男なんざあおれたちの兄貴のクラスにごろごろいたというのに、いくら帝大出とはいえ、どこの馬の骨ともつかぬあんなぼんくらによもぎさんを嫁がせるなんざあ、子爵だった君の爺さんの家系を孫の代で完膚無きまでに平民化させてしまうというコンミュニズムめいた魂胆があってのこととしか考えられん。とはいえ、よもぎさんのご亭主になるはずのあのぼんくらだって、いずれは始まる終わりのないいくさでどうなることかわからんから、あいつにもしものことがあり、よもぎさんがそれこそ本当に修道院にでも入っちまったら、あの女はいずれ君にも手をまわすから、要心しておくがよかろう。もっとも、わが帝国だって、勝ち目のない戦乱にまきこまれてにっちもさっちもいかなくなるだろうから、遠からず滅亡するしかあるまい。そうなったらわが大元帥陛下だって退位を余儀なくされるだろうから、たかだか二十世紀に入ってからどさくさにまぎれて新華族とやらに列せられたわれわれの爺さんどもの家系なんぞ、生きのびられるわけもなかろう。ことによると、平民主義者の伯爵夫人はそんな状況を見こしているのかもしれない。

やれやれ、コンミュニズムを信奉する伯爵夫人かよと二朗がつぶやくと、おう、そうよと濱尾は自信ありげに応じる。伸顕さんとこの孫息子——何とかいう佛蘭西《フランス》の詩人の『ドガに就て』という本を翻訳したばかりの小生意気な男だ——から聞いた話の受け売りだが、いまの歐洲には、共産党を支持する貴族なんざあ掃いて捨てるほどいるし、とりわけ大英帝国には、赤軍の粛清で混乱している蘇聯邦のさる有力幹部を、ひそかに財政支援する侯爵さえいるという。もっとも、あまり大きな声ではいえないが、わが帝国にだって、コンミュニズムに傾倒している華族の子弟ぐらいはいやというほど存在しとる。貴様も知っている紐育《ニューヨーク》経由で伯林から戻ったばかりの例の伯爵の総領息子など、兄貴から聞かされたその日ごろの言動からして、某国共産党の秘密党員だろうとおれは目星をつけている。さすがに大英帝国などと違って、コンミュニズム擁護の姿勢を大っぴらに表明することなど、治安維持法が施行されちまったわが帝都においてはとてもかなうまいがね。

ところで、いつの間にか伯爵夫人と呼ばれることになっちまったあの女の場合は、たかだか贋伯爵夫人でしかあるまい。ご亭主だったという男のことなど誰も知らないし、そいつが本物の爵位の持ち主だったかどうかなど、ここでは確かめようもない。どうやら生来のものらしい婀娜っぽさからして、あれは上海の佛蘭西租界あたりに巣くっていた高等娼婦のなれのはてだとおれは睨んでいる。ことと次第によっては、支那の裏社会の要人とも懇ろになる任務を請け負い、必要とあらば品性の劣ったその手下どもとも平気で寝たりしていたはずだから、よからぬ病気などもらっていても一向に不思議ではない。自信ありげにそういってのける濱尾ではあるが、何かの拍子にあの女の白くてぽっちゃりとした下腹が脳裏にちらついたりすると、たちどころに *erectio* が起きちまうのだから始末が悪いとあっさり白状したりもする。

ああ、*erectio* というのは「勃起」を意味するラテン語だが、こちらは平岡からの受け売りだ。もっとも、柔道や野球はいうにおよばず、庭球から蹴球までスポーツなら何でもやってのけるおれたちとは違い、ひたすら文士を気どるあの虚弱児童は、汗まみれになった人力車の車夫だの、酔っぱらって溝にはまったまま眠り込んでしまう魚屋の御用聞きだの、およそえたいの知れぬ不細工な男たちを想像するだけでむらむらと欲情するというのだから、いちど拝ませてもらった伯爵夫人のぽっちゃりとした白い下腹の肉の仕組みを仔細に描写してやったところで、これっぽっちの興味さえ示そうとしない。

　そういってのける級友は、花柳病持ちかも知れぬ伯爵夫人の白い下腹の奥まったところをどうやら間近から見せて貰ったことがあるようだが、おそらくは一回かぎりのものだったに違いなかろうそのときの興奮の余波が、いまなお彼の官能をざわざわと騒がせているのだろう。そんなはしたない振る舞いへと誘いこんだためしのない伯爵夫人は、ことによると、早熟を気どる濱尾などより、むしろ晩熟といってよかろうこのおれのことを、多少の敬意をこめてあしらってくれているのかもしれない。

Ⅱ

二朗さん、信号はとっくに青になっとりますわよ。耳もとでささやかれる女の声でわれにかえり、その声の主を蝕んでいるのかもしれない病気をめぐる貧相な知識――性交では感染するが、軽い接吻ぐらいなら安全だ、等々――をあれこれ思い浮かべながら夕闇迫るホテル脇の横断歩道を渡り、何台もの黒い箱形の自動車がいっせいにクラクソンをならして立ち往生しているホテルの車寄せに足を踏み入れようとすると、彼の右肘をぐいと引きよせるようにして、せめて人力車に乗ってなら許されましょうが、こんな時間に男と女がとぼとぼと歩いて正面玄関からロビーに入ったりするのは御法度よ。そういいながら、伯爵夫人は薄紅色の唇をとんがらせる。それにしても、水兵さんみたいな帽子をかぶって車寄せの噴水のまわりを右往左往しているあのボーイたちは、いったい何の役に立っているのかしら。たった五台か六台の舶来の高級車が同じ時刻に乗りつけたというだけで、まるで戦争でも起こったかのように混乱してしまうホテルなんて、倫敦や巴里はいうまでもなく、柔拂《ジョホール》や孟買《ボンベイ》でさえ見たこともありませんと伯爵夫人は顔をしかめる。さいわい正面玄関を避ける口実もととのいましたから、今日はこの歩道の先の右手にある回転扉から入ることにいたしましょう。

　そう口にしながら心持ち歩を早め、バスや市電が行きかっている道路の向こうに見える公園には背を向け、街路樹が几帳面に立ち並び、この界隈だけに残された瓦斯燈にも点火されたばかりの人気のない歩道をたどろうとうながす伯爵夫人は、ねえ、二朗さん、あれこれ悩みをおかかえなのは、あなたのお歳ごろからしてごく当然のこと。でも、これから一緒にホテルに向かおうとしているとなりの異性のことを、いくら年上の女やもめだとはいえ、こうまであからさまに無視なさってひとり考えごとに耽るのだけはどうかおつつしみ下さいな。もっとお年を召して、倫敦時代のお祖父さまみたいに、肌の色や階級、それに国籍や年齢にもかかわりなく、女と見ればその場で組み伏せねば気がすまぬ冷徹な漁色の生活を自分に課しておられるなら話は別。でも、いまのあなたには女の香りも色濃くまつわりついてはいないし、法科の入学試験だけが当面の気がかりなのでしょうから、それならそれで、やたら閑そうに活動写真ばかり見てあるくのはそろそろおやめ遊ばせ。伯爵夫人は、母親代わりの遠縁の女性のような妙に甘ったるい声で説教する。

そう諭されると、さすがに病気のことなどいいだせなくなってしまうが、濱尾だって帝大を目ざしている――本当は京都の美学に行きたかったんだが、冴えた若い講師が治安維持法であんなことになっちまったんで、仕方がないから東京に行ってやるんだとうそぶきながら――のだから、ぽちゃりとしたものらしいあなたの下腹を曝してあいつを惑わせるのはしばらくひかえておいてほしいぐらいのことはこの際はっきりいっておこうと、それにふさわしい婉曲な言葉遣いをあれこれさぐっていると、相手はいきなり語気を強め、ねえよく聞いて。向こうからふたり組の男が歩いて来ます。二朗さんがこんな女といるところをあの連中には見られたくないから、黙っていう通りにして下さい。女は、厳かな口調でそう命じる。

こうした場合、五秒とかからぬ決断が勝負を分けます。そこで、あの三つ目の街路樹の瓦斯燈の明かりもとどかぬ影になった幹にあたくしをもたせかけ、右肩を胸もとに引きよせ、左の頬なり首筋なりに思いきり顔を近づけて下さいな、本気ですよ。いったん頬に顔を寄せたらみだりに動かず、一心不乱に舌をそのあたりに這わせておくこと。勇気があるなら、唇を奪ってもかまわない。肝心なのは、あのふたり組から二朗さんの顔を隠し通すこと。連中が遠ざかっても、油断してからだを離してはならない。誰かが必ずあの二人の跡をつけてきますから、その三人目が通りすぎ、草履の先であなたの足首をとんとんとたたくまで抱擁をやめてはなりません、よござんすね。

まさか、という当惑があったのは否定しがたい。息をひそめてつぶやかれる伯爵夫人の深刻そうな言葉は、彼女にしてみれば緊急の事態を告げているつもりなのだろうが、二朗の耳には、いま見てきた活動写真の一景をのどかになぞるものとしか響かなかったからだ。閑をもてあました若くて陽気な未亡人が、遺産横領を企む悪漢——ジョージ・バンクロフトが演じている——の冴えない手下どもの目をくらますために、たまたまホテルで出会った美貌の大学生を路上で誘惑するという場面がそれだ。勇気があるなら、唇を奪ってもかまわないというのも、ケイ・フランシスがジョエル・マクリーの耳もとで艶然とささやいた台詞なのだから、どうやらあの活動を見ていたらしい伯爵夫人が、それにかこつけて悪い冗談を仕掛けているのかもしれない。当然のことながら、二朗は逡巡する。とはいえ、遥かな暗闇の奥に見えていた二つの黒い人影は、あとほんのちょっとで表情を識別できそうな距離にまで迫っている。ひとりはおそらく尉官クラスの憲兵隊員、その脇にいるのはソフト帽を目深にかぶった私服の男。どんなことがあろうと狙った獲物は逃がしはせぬと自分にいいきかせているような鋭い目つきをしている。そのとき、左の腕に添えられた伯爵夫人の指が、「五秒とかからぬ決断」を強くうながす。

決断は、嘘としか思えぬ素早さで実行に移される。見てきたばかりの活動写真をみずから演じようとする二朗は、まるで銀幕スターのような自在さで女をあしらっている自分にかつてない小気味よさを憶え、三つ目の街路樹にさしかかったところでその幹に女のからだをもたせかけ、右肩を思いきり引きよせると、その左の頬に唇をあてがう。さからうそぶりも見せぬ相手はこちらの腕にからだをゆだね、硬そうな帯でしっかりと防禦されているはずの胸もとから下腹にかけての思ったよりやわらかな肉の揺らぎを、代赭色のコートを通して隠そうともしない。二朗の素顔を男たちの目から遠ざけている濃い臙脂のショールからは、これまで嗅いだこともない甘酸っぱい香りが漂い出して鼻の奥をつんと痺れさせ、左の耳たぶにかかる女の吐息もことのほか甘美なものだったが、それを操っているのはまぎれもなくこのおれだという自負のようなものが、こわばっていても不思議でない二朗の手足を嘘のようにやわらげる。

コート越しに帯の結び目に添えていた右手をさりげなく腰まで滑らせると、何枚もの絹の衣をまとっているはずのからだのふくらみが、まるで素肌の肉に触れているかのような感触でとろりと掌に反応する。いったん男の抱擁に身をまかせると、どれほど瀟洒な衣裳を身につけていようと、女は恥じらいもなくその裸身をそっくり男の手にゆだねるものだ。そう確信したのは、活動小屋でケイ・フランシスとジョエル・マクリーの長い抱擁場面をのんびり眺めていたときだったろうか。それとも、和服の生地を通して伯爵夫人の腰のあたりのやわらかな肉をまさぐっているいまのことなのか。

わずかに震えている女の唇の動きには応えず、薄紅色の口紅を乱れさせまいとしてその周辺に舌さきを這わせながら、かつてない至福感にとらわれた二朗は、彼女を蝕んでいるかもしれない病気のことなどすっかり忘れ、いつまでも抱擁をやめようとしない。この女が、懇願したわけでもないのに、自分から着ているものをさらりと脱ぎ捨ててしまったかのように思えたからだ。銀幕を彩る女優というものは、欧洲のものであれ、聖林のものであれ、ことによると芸者あがりの日本の女流スターもまた、どれほど華麗な衣裳を身にまとっていようと、兄貴の書斎に隠されていた欧洲の裸婦たちの卑猥な写真アルバムにも劣らぬあられもなさで、その素肌を相手に委ねる。だから、伯爵夫人の白っぽい下腹の奥の茂みに憑かれて *erectio* している濱尾など、まだまだ女の本質をきわめてはいない。こんど会ったらそう説教してやらねばと自分にいいきかせながら、二朗は伯爵夫人の襟元深くに唇を這わせる。

活動小屋のスクリーンでは、女のハイヒールが舗石の隙間に挟まり、抱擁をやめようとしない男の足に合図を送りそびれるというユーモラスな展開で微笑を誘っていたが、街路樹にもたれた日本人男女の装われた抱擁では、女の草履が靴に触れてもその手をふりほどこうとしない青年が、伯林製の外套の長い裾をからげて女の左の股をはさむかたちで両足に力をこめ、さからうそぶりもみせぬ相手の頸筋にふっと息を吐きかける。小鼻のふくらみや耳たぶにさしてくる赤みから女の息遣いの乱れを確かめると、兄貴のお下がりの三つ揃いを着たまま何やらみなぎる気配をみせ始めた自分の下半身が誇らしくてならず、それに呼応するかのように背筋から下腹にかけて疼くものが走りぬけてゆく。ああ、来るぞと思ういとまもなく、腰すら動かさずに心地よく射精してしまう自分にはさすがに驚かされたが、その余韻を確かめながら、二朗は誰にいうとなくこれでよしとつぶやく。それに応じるかのようにぷへーとあえいでみせる伯爵夫人は、ゆっくりと呼吸をととのえながら真顔となり、わたくしが誰彼の見境もなく唇を許してはからだも開く女だということぐらいはよく承知しているあの連中も、さすがにあなたの身元にはたどりつけなかったはずですと安堵の表情を浮かべる。だが、あの連中というのは、いったいどの連中だというのか。

　いきなり俯瞰のロングショットに切りかわったキャメラは、街路樹の植えられた歩道をゆっくりとたどり始める二人を遥かにとらえる。銀幕の男女がホテルの正面玄関の手前で足をとめたところで画面は主演女優のクローズ・アップとなり、そのうるんだ横顔を、ばふりばふりとまわっている重そうな回転扉のガラスの投げかける夕日の反映が、二度、三度となまめかしく照らしだす。そのなまめかしさは、この瞬間の聖林の女優が、華麗なドレスをまとっていながら、裸身以上のまっさらな裸身を誇らしげに人目に曝しているかにみえることからきている。そう感じとった二朗は、先刻、人気のない歩道で、回転扉の鈍い西日の反映を受けとめていた和服姿の伯爵夫人の横顔からも、全裸以上にあられもない肉の誇りを受けとめていたのだろうか。

　あの方は、いつでも裸同然のお姿でお部屋を歩きまわっておられます。小春からそう聞かされていたことを、二朗は思い出す。もちろん、ほとんどの場合、薄物をまとったり、バスローブを羽織ったりはしているが、いつ入っていっても素肌を隠そうとするそぶりさえ見せず、ときには日当たりのよい窓辺で、秋から冬にかけてのひんやりとした季節でさえ、両腕をデッキチェアーの背にのけぞらせて真っ裸で日光浴をしていることもまれではないという。あちらでは、そうしたことがよくあるのでしょうか。ヘディ・キースラーが素肌を誇示してみせた『恍惚』という原題の歐洲の活動写真を想起しながら、まあそういうこともあるだろうというと、でも、機械仕掛けのピアノなどをかけながら、両耳にイヤホーンをあてて真剣そうに海外のラヂオ放送らしきものを聞いておられたり、週末に新嘉坡からどさりととどく英字新聞の一枚一枚に眼鏡をかけてじっくり目を通しておられるときなど、やはり何かを召された方がいいのではないでしょうかと小春はつぶやく。イヤホーンやお眼鏡はあの方の裸のお姿に似つかわしくないので、お部屋の掃除をしていて目のやり場に困ってしまいます。

伯爵夫人が眼鏡をかけて裸で英字新聞を読んでいるというのは初耳だったが、あのだだっ広い洋間を何もまとわずに歩きまわっていると聞いてもことさらその素肌の肉体を想い描くことのなかった二朗は、濱尾とは異なり、この女を欲情の対象とするのを知らぬ間に自分に禁じていたのかもしれない。そんなことをしたりすると、かろうじて保たれているあぶなっかしいこの世界の均衡が、どこかでぐらりと崩れかねないと怖れていたからだろうか。それとも、裸身を超えたまっさらな裸身には、女たちがまとっている衣裳を通してしか達しえないはずだとかたくなに信じているからだろうか。

Ⅲ

いまにもとまりそうでとまらない回転扉の鈍い風圧をばふりと受けとめながらホテルに滑りこむと、向こう百年は変わるまい翳りをおびた湿りけがどんよりと立ちこめている。かなり離れているはずの主食堂から、焦げたブラウン・ソースとバターの入りまじった匂いがぼんやりと漂ってきてあたりの湿りけにほどよくとけこみ、客たちがどれほど足早に行きかっても空気の流れが滞ってしまいそうなこのホテルに最後に身をおいたのはいつのことだったか、その記憶をたどろうとして濡れた下着のことなど忘れかけていた二朗を、伯爵夫人は舌打ちしながら新聞売り場の脇の電話ボックスへと誘いこみ、あなたの抱擁の演技、よくできました、誉めてさしあげますとその顔を真正面から覗きこむ。さすがにあの連中も二朗さんの身元は割り出せなかったはずですから、お芝居はひとまず大成功、誉めてさしあげるのにやぶさかではありません。

そこまで口にしていったん視線をそらせてしばらく黙っていたかと思うと、けど、ついさきほど二朗さんが演じておられた抱擁には、パートナー役からすれば、にわかには受けいれがたい演技が含まれておりましたと伯爵夫人は表情をこわばらせる。お芝居はお芝居だと割り切っていたはずなのに、ふだんはまどろんでいるいくつもの心の襞が、いきなりぞわぞわと逆なでされて目覚めてしまったかのような、思いきり不愉快な気分を味わわされてしまいました。正直なところ、そのことに、このわたくし、滅法腹を立てております。そこで、これから、浅はかなスター気取りの不心得者をしこたま懲らしめてさしあげます。踏みこんではならぬ禁域にどたどたと足を踏みいれたのは思いあがった主演男優の方なのですから、これからどんなことが起ころうとそれは自業自得、どうかご覚悟のほどを。

そういうなり、いきなり電話機の前にかがみこみ、備えつけの小さな補助椅子をばたんと下ろして横座りするが早いか、受話器をフックからはずして左の耳に当て、細くて硬そうな右手の指で複雑な数字をダイヤルしたかと思うと、まるで爆撃機の伝声管のように電話本体を握りしめて口もとにあてがい、おい、そこのお若けえの、お前さんの垢だらけの汚ったならしい耳の穴かっぴろげてよく聞くがいいと傳法《でんぽう》肌の口調でいってのける。その言葉遣いのあからさまな変化には呆気にとられるしかなかったが、そんな二朗の当惑を無視するかのように、おい、そこの兄さん、覚悟はよろしいかいなと言葉をつぐなり、電話台に左肘をついてかがみこみ、草履の踵で二朗の靴をしたたかに踏みつけ、それが視線を交わしてはいない彼に向けた言葉だと理解させながら、ここにはいない誰かを電話で思いきり叱責するような姿勢も崩すことなく、たしかに「勇気があるなら、唇を奪ってもかまわない」ぐらいのことはこのあたいもいいましたさ。けんど、それはあの場をやりすごすためのとっさのヒントのようなもの。ところが、そんなことは百も承知と思っていた相手役はといえば、何をどう勘違いしたものか、愛撫のまねごとみたいなあやうい指先をあたいの腰のまわりに這いまわせるばかりで接吻のそぶりさえ見せず、まだ使いものにはなるめえやたら青くせえ魔羅をおっ立ててひとり悦に入ってる始末。これはいったい、なんてざまなんざんすか。そんなことまでやってのけていいなんざあ、これっぽっちもいった覚えはござんせんよ。ましてや、あたいの熟れたまんこに滑りこませようとする気概もみなぎらせぬまんま、魔羅のさきからどばどばと精を洩らしてしまうとは、お前さん、いったいぜんたい、どんな了見をしとるんでがすか。

仲間うちではMという略語で呼びあっていたものを何のためらいもなく「魔羅」といってのけ、濱尾でさえ白っぽい下腹の奥の茂みと婉曲に表現していたものをあられもなく「熟れたまんこ」と呼んで頬を赤らめようともしない伯爵夫人の豹変ぶりに、二朗はあぶなっかしい悦びを覚えそうになる。威勢のよい口調でこの女が始めようとしている「懲らしめ」とやらに、自分がまだ知らずにいる世界をふとかいま見させる手品のようなものが仕掛けられていそうに思えたからだ。実際、「熟れたまんこ」なるものをこの目でしかと見とどけたことなど一度もない二朗にとって、それに似た視覚的な記憶といえば、できたてのほやほやみたいな蓬子のいかにもこざっぱりとした下腹の襞の仕組みにかぎられており、その部分を仔細に観察しながら、それがいつの日か「熟れたまんこ」へと変貌しようとは想像だにしえなかったし、それを間近から目にしながらいたずらに昂ぶったりすることもなかった。それは、相手が、異性というより、いたずら仲間同然の気のおけない従妹だったからだろうか。それとも、やっぱりおれが救いがたく晩熟だからなのだろうか。

ところが、「不心得者」を容赦なく責めたてる伯爵夫人はといえば、その風情からして、佛蘭西租界あたりに巣くっていそうな上海の高等娼婦だと濱尾はいうが、いま受けとめている蓮っ葉な言葉遣いからして、立ったままの二朗には背を向けてかがみこみ、電話機の本体をぎゅっと握りしめているこの女の姿態からは、むしろ落ちぶれはてた二流の年増芸者が得意とする卑猥な座敷芸――花電車といって、ひょいとさしこんだ長い煙管を前後左右に揺さぶりながら、ぷかりぷかりと紫煙をはいて見せたりするんだと兄貴が語ってくれた――でもあっけらかんとやってのけそうな、あばずれきった卑猥さがねっとりと漂いだしてくる。なるほど、この女なら、濱尾がいうように、よからぬ病気に罹《かか》っていてもいっこうに不思議ではない。そう思いながら斜めにその襟筋を見おろす格好の二朗は、ついさっきまで並んで街路を歩いていたときより背丈がひとまわり縮んでしまったような女の後ろ髪の乱れに、これまで見たこともない鄙びた色っぽさを感じとり、ことによるとかつては本物の芸者だったのかもしれないこの女が、するすると自分から遠ざかってしまいそうな気配に心細さを覚える。

いけない。この女をあくまで伯爵夫人として身近につなぎとめておかねばならない。そうあせりはしたが、気っ風のよい辰巳芸者でも声帯模写するかのような活動写真の弁士さながらの口調に気おされ、またしても見すかされたという忸怩たる思いを晴らそうにも、こんどばかりはでまかせの台詞さえ思いつかない。銀幕のスター気どりの二朗が、街路樹のかたわらで、まさか相手には悟られまいとひそかに射精したことはいうまでもなく、しばらく耳の掃除を怠っていた——明日の朝、さっそく小春にやってもらわねばなるまい——ことまで、この女は目ざとく見抜いているからだ。それにしても、「滅法腹を立てております」という伯爵夫人は、いったいおれのどんな振る舞いに立腹して、いつの間にか抜き衣紋のような襟をさらして二流芸者さながらの卑猥な女に変貌して見せたりしたのか。ことによると、それがこの女本来の姿なのだろうか。だとするなら、いきなりおれの目の前で本性をさらけだしてみせたりすることで、いったい何を理解させようというのか。いまだ正気をとり戻せずにいる濁った脳髄を無理に働かせながら、二朗はその真意をつきとめようとする。

ともかく「勇気があるなら、唇を奪ってもかまわない」というのだからひとまず接吻は許していたことになりもしようが、おれのようなうぶな男が百戦錬磨の婀娜っぽい女を胸にいだいて唇をかさねたりすれば、かりにそれが演技であろうと、いやでも昂ぶってしまうことぐらいは相手もしかと心得ているはずだ。それに、聖林の撮影現場でさえ、ときに甘く唇をよせる男優が他愛もなく勃起してしまうのを相手女優がからだで感じとることさえよくあるのだと、兄貴が定期購読していたある亜米利加の雑誌で読んだ記憶がある。とするなら、勃起そのものではなく、唇を奪おうともせずに「青くせえ魔羅をおっ立て」てしまったことが、成熟した男女の儀礼に反する粗暴な振る舞いと見なされ、懲罰の対象とされたのだろうか。それとも、かりにこのおれが、相手役の下腹の奥の茂みをあからさまに想い描きつつそうなったのであれば、見逃されたとでもいうのだろうか。

たしかに、演技として得意げに伯爵夫人をかきいだいたときのおれは、薄紅色の口紅に彩られたその唇にひたすら飢えてはいなかったし、濱尾のように、その下腹の白くてぽっちゃりとしたふくらみの奥まったところをまざまざと思い浮かべながら *erectio* したのでもない。あえてそうした振る舞いを自粛することが、この年上の異性にふさわしい敬意をこめた姿勢だと思いこんでいたからだが、どうやらそれは途方もない勘違いだったようだ。

むしろ、「青くせえ魔羅」を「熟れたまんこに滑りこませようとする気概」をみなぎらせてこれ見よがしに射精したのであれば、「熟れたまんこ」の持ち主には礼を失した振る舞いとは映らなかったのかもしれない。敬意と非礼とをとり違えるといういかにも青二才めいた勘違いによって懲らしめられようとしているというなら、まずは詫びを入れておかねばなるまい。そう合点がいったところで、いつか汗みどろの人力車の車夫が、道を一本とりちがえて詫びたときの言葉を思いだしながら、姐さん、面目もねえ、こんなみっともねえどじは二度とくり返えしゃあいたしませんから、今日のところはどうか堪忍してやっておくんなせえと語調をあわせてみるが、その芝居じみた台詞は相手の不機嫌をかきたてるばかりだった。

だまらっしゃい、このたわけ奴《め》が。いまさら「堪忍」もへったくれもあるもんけえ。見よう見真似でできそこないの芝居でもうてば、このあたいがお前さんを許すとでも本気で勘違いしてなさるんかい。そういいながら握っていた電話を机上にすえなおす目の前の辰巳芸者は、ふりかえりもせぬまま二朗の外套の裾にするすると左手をすべりこませ、あっという間にズボンの前ボタンをはずし、その骨張った指先を陰茎のあたりにしばらくさまよわせてから、声をお立てでないよと命じてひとつかみにぐいと睾丸をまだ濡れている猿股ごしに握りしめ、よござんすか、あんまり思いあがったまねをしなさると、あんさんがふたつもだらしなくぶら下げてるこの金玉をぞっこん握りつぶすことになりまっから、よろしく覚悟しときなされと啖呵を切る。思わず腰を引き、息をつめてその侮りがたい握力に背筋を震わせると、「どうか堪忍してやっておくんなせえ」ってのは、こいつを握られてにっちもさっちもいかなくなった野郎どもが思わず口にする詫びの言葉じゃあねえんでがすかと相手は心持ち指をゆるめる。そこで「どうか堪忍してやっておくんなせえ」と鸚鵡返しにくり返すと、この不心得者奴が、おいそれとは「堪忍」できねえから、こんなところでわざわざお前さんの金玉をねじりあげてるんでしょうがと振り返り、握った左手を股のあいだで思いきりひねってみせる。

二朗を見あげる女の瞳には、これまで目にしたこともないすさんだ殺気のようなものがみなぎっている。ああ、やっぱり伯爵夫人は遠ざかってしまったのかと諦めかけていると、さあ、これでどうだいといいながら、年増の二流芸者はさらに指に力をこめる。腰の奥から後頭部にかけて鈍い痛みが走りぬけ、こらえきれずに前のめりになった二朗の背中には冷や汗がしたたり落ちる。この痛みは未知のものではない。そう思ってからだで記憶をよみがえらせようと足掻き始めたところで、新たな鈍痛とともに意識が薄れる。

Ⅳ

気がつくと、二朗は、下半身まるだしのまま、濱尾の家の応接間のソファーに寝かされていた。濱尾の母親が濡れたタオルを額にあてがいながら顔を覗きこみ、年かさの女中が二朗の陰茎を指先でつまんで左の股に向けてぺたりと倒し、冷たい氷嚢を右の睾丸の根もとにあてがおうとして股間を思いきり開かせようとする。思わず両手で隠して股を閉ざそうとすると、女は凜とした姿勢で彼の手を払いのけ、しばらく動いてはなりませぬ、ここは私どもにどうかおまかせ下されと語気をつよめる。やっぱり、このおれは、何かの罪を犯して女たちに裁かれているのかもしれない。そう思いながらあたりを見まわすと、応接間の奥のピアノを背にした濱尾の視線を感じとってほっとする。ああ、二朗君、正気にもどったのかい、よかったよかったと回転椅子を半分ほどぐるぐる回している級友が言葉をかける。何しろ、貴様が気絶しちまってから、うちの女どもがこぞって貴様のご立派なMに触ったり、ためつすがめつ位置を変えたり、黙って見とれたりしておるんで、どうやら俺の出る幕はなさそうだとひかえておった。だから、まあしばらくは覚悟を決めて、そのまま曝しておくしかあるまい。そう笑いながら、級友ははめたままのグローブに何度もボールを投げつけて見せる。

そう、おれは、ついさっきまでこいつとキャッチボールをしていたのだと思いあたる。シカゴの万国博覧会の折りに渡米した濱尾の父親が、合衆国の職業野球の用具一式を買い求めてきたのだが、そこにはルー・ゲーリッグのサインが一個ずつ几帳面に印刷された硬球が二ダースも含まれていた。われわれは、濱尾の家の芝生で、明治神宮球場の六大学野球の試合球よりも遥かに由緒正しいボールを手にしていたわけで、それがあえて野球部などに入らずにいるわれわれの誇りだった。いつものようにキャッチャー・ミットをはめたおれは腰を低く身構え、澤村榮治ばりだぜと大きく振りかぶる濱尾の投球を受けていた。いい球筋をしているぞと声をかけると、冷たそうなカルピスのコップを二つ乗せた盆をかかえた若い女中が縁側の脇からわれわれを見つめている。ああ、いつもの女がいるなと思ったとたん、本塁ベースに見たてていた飛び石で低めのドロップ気味のボールが不規則にはずみ、それを取りそこねた二朗の股間を直撃する。その衝撃にぷへーとうめいてうつぶせに崩れ落ちる瞬間、首筋越しに、見えているはずもない白っぽい空が奥行きもなく拡がっているのを確かに目にしたと思う。だが、そこで記憶は途絶えている。

まさか覚えてはいまいが、貴様をここまで運んできたのは、おれたちのキャッチボールをじっと観察していたお梅という若い好奇心の強い女中だ。九州のはしの枕崎とやらからやってきたなかなか頑丈な娘で、気を失っていた貴様を一人で背負ってここに寝かしつけてくれたんだ。あとで、せいぜいお礼をいっておくがよかろう。まあ、おれも多少は手伝おうとして貴様のベルトをゆるめはしたが、お梅がさっと割って入り、ズボンと猿股とを思い切りよく引っぱがしちまった。その瞬間から、貴様の立派な逸物は、縁日の夜店の金魚さながらに、女どもがわれがちにかがみこんで手をさしのべ、さっとすくいあげたりする恰好のオブジェになっちまった。だから、いまさら隠したって始まらない。誰よりも先に金魚をすくいあげたお梅は、貴様のふくらんだ睾丸をしばらく見つめていたかと思うとふっと姿を消し、台所の冷蔵庫から一貫目の氷を金だらいに乗せて運んできて、いたって無表情にそれを砕いて氷嚢に入れておる。緊急時の狼狽ぶりなどまるで感じさせないそのてきぱきとした身振りには、いまさらながら感心するしかなかったね。女というものの振る舞いは、それが傷ついた男性性器をめぐるものであろうと、まことに的確で無駄がない。

ところが、騒ぎを聞きつけてかけつけてきた女中頭のお佐登が、ものも言わずにお梅の手から氷嚢を奪いとって貴様の股のあいだにかがみこみ、真剣なまなざしでMと睾丸との位置関係を測定してうんと頷き、自分が準備したわけではない氷嚢をやや右側に恭しく押しあてた。そこには、いきなり露呈されちまった男性性器を前にして、普段は意識されない女どもの階層的な秩序が厳然と維持されておったことになる。やがておふくろが入ってくると、二人は黙って身を引く。おふくろはおふくろで、ここでは自分がまぎれもない主役だといわんばかりに悠然と袂をたくしあげてたすきでとめると、これまでの女どもとは異なり、アルコールで湿らした脱脂綿で指先を入念に消毒してから、おもむろに貴様のMの先端を持ち上げて左右に振ってみて、こちらに異常はなさそうねといってから睾丸のあたりを仔細に触診しとった。おやじのものに触れるときにわざわざアルコール消毒などしまいから、さすがに自分が握ってもよいものとそうでないものとをしっかりと区別して見せたのだろう。それから親父の名前で聖路加の主治医に電話で相談したのだが、そのときおふくろが電話口で何といったと思うかい。ベースボールの硬い球がたまたま息子のお仲間の「おみお玉」に当たって、右側だけがぷっくら腫れてしまいました、だと。亀頭に裂傷さえなければ、鎮痛剤を飲ませ、しばらく安静にして冷やすしかないというのが、医師の診断だった。

そのとき、息子の饒舌を黙って聞き流していた濱尾の母親が、二朗の首に手をそえて小さな白い錠剤を口に含ませ、バイエルのアスピリンですから、噛まずにそのままこの水でお呑みくだし遊ばせと吸い飲みをさしだす。その細いガラスの先端に口をそえると、ニッキのような味のする水の冷たさで生き返るような思いがした。じゃあ、立ってみましょうかと濱尾夫人がうながすので、下半身はむきだしのままその肩にすがって足をふんばると、痛みというより、下腹部の右半分が何やら重いもので地面の方に引っぱられるような気がして足元がおぼつかない。じゃあ、人力車でお送りさせますというなり、夫人は二朗の下半身をタオルでくるみ、お梅に猿股とズボンをたたんで紺の風呂敷に包ませ、せめてものお見舞いにと、冷えたメロンを二つも提げたお佐登をつきそわせますという。

若くて頑丈そうな女中に肩を支えられて車に乗り込むとき、貴様がルー・ゲーリッグのせいでインポテンツにならぬのを祈るのみだと、まだグローブとボールを手放そうとしない濱尾がウインクしてみせる。かたわらに腰をおろした女中頭の女は、車が走り始めると、ご無礼お許し下さいませというなり、さっとタオルをのけて新しい氷嚢を右手で睾丸にあてがい、車輪の揺れを巧みに利用して左手を裸の尻のあたりに滑りこませると、尾骶骨の椎間板のあたりに指を強くおしあて、こうしておりますと、さすがに腫れは引きませんが、多少はお痛みがやわらぐはずですと確信ありげにいう。これは男のからだをよく知っている女に違いないと思い、どうもみっともないものを見せびらかしちまってかたじけないと口にすると、滅相もない、玉々さえお痛みでなければ、他人の目もはばからずにむしゃぶりつきたくなるほどみごとなものを間近から拝見できまして、まことに光栄でございます。奥様も、さすがに子爵様のお孫さんだけあって、日本人離れのした色艶をしていると感嘆しておられましたが、この私の目には、色艶にとどまらず、そのスマートな長さといい、ずんぐりとしていながら無駄のない太さといい、天下一品というほかはないものでございます。あまりお世辞をおっしゃらない坊ちゃままでが、なるほど、これはどこへ出しても恥ずかしくない逸物だとつぶやいておられました。

そういうなり、尾骶骨にあてていた左手を引き抜いてだらしなく垂れていた陰茎に思い切りよくあてがい、せめてお宅に着くまでそっと触らせておいてくださいませねと低くつぶやく。どうぞというのもはばかられるので黙っていると、なに、ご心配にはおよびませぬ。玉々をひどくお痛めになった殿方は、その衝撃で、しばらくはみだりに昂ぶったりなさらぬもの。それをよいことに、ちょっぴり指先に力をこめさせていただきますという女中頭は、あくまで生真面目な表情を崩そうとしない。ごく自然に彼女の肩に頭をあずけた二朗は妙に爽快な気分になって、こんな風に百戦錬磨の女に握られていると、昂ぶるはずのないものがつい昂ぶって、血に染まった真っ赤な精液が尿道からほとばしりはせぬかと気が気ではなかった。

へーいという車夫の声が到着を告げる。女中頭は二朗のむきだしの下腹部をタオルでおおい、懐からとりだした懐紙にくるまれていた安全ピンで腰のまわりに固定する。電話で詳細を知らされていた小春が玄関に迎えに出ており、お床はのべてありますという。それまで彼の陰茎を思いきり握っていた女にお礼をいうのもためらわれ、会釈だけして小春にすがるように部屋までたどりつく。すでに氷嚢は用意されていたが、これを患部にあてさせていただくまえに、せめておちんちんをしっかりと清めさせていただきますといいながら、小春は洗面器のぬるま湯で局部を入念に洗浄し——さすがに、濱尾夫人のように、脱脂綿で自分の指先をアルコール消毒することはなかったが——、もしものことがあればと心配しておりましたが、肝心のものが無傷で一安心、今晩はどうか下着をめされずにお休みください。お腰に巻いてこられたおタオルは不吉ですから処分させていただき、明日、同じ製品を一ダース、濱尾さま宛てに白木屋からお届けさせていただきますからご安心を。奥様はおっつけ演舞場からお戻りでしょうが、私の方から詳しくご説明申しあげておきますす故、どうか朝まで熟睡なさって下さいませ。そういいながら股間に氷嚢をあてがい、これでいいかしらと陰茎の位置を指先で確かめながら、軽い蒲団をそっとかけてくれる。たまたま睾丸を痛めただけで、濱尾夫人をはじめ、まわりの女たちがいつもとはまるで違う親密さでおれに接してくれるのはなぜなのだろう。二朗は、いささか複雑な思いにとらえられる。

天井から吊された電灯を消して小春が出ていったのと入れ替わりに、こざっぱりとした浴衣姿の蓬子が、四つ切りにしたメロンを盆に乗せて姿を見せる。枕もとのランプの脇にぺたりと座ると、二朗くんの金玉が破裂するかもしれんぞという濱尾さんからの緊急の電話でびっくりして、その足でかけつけてまいりましたという。それはまたご親切に。しかし、結婚前の乙女が「きんたま」なんて言葉を無闇に口にすべきじゃあないと思うなと応じると、じゃあ、何と呼べばいいのですかと従妹はやや顔を赤らめる。睾丸というのも妙にぶっきらぼうだし、せめて「おみお玉」ぐらいなら許されようがねというと、わかりましたと従妹は素直に従い、何度か「おみお玉」とつぶやいていたが、でも、あちらのお宅では、お母さまを始め、お女中さんたちまでが、二朗兄さまの剝きだしにされた「おみお玉」に触れたり、位置を変えたり、じっと眺めたりしておられたというじゃありませんかと蓬子が間近から二朗の顔をのぞきこむ。濱尾の野郎、相変わらずおしゃべりだなあと舌打ちしつつ、いや、肝心のおれは失神してたんで、詳しいことは何もわからんのだというと、まあ、気絶なさったの。あたくしも、結婚前に一度は気絶してみたいとひそかに憧れておりました。歐洲の小説を読むと、ヒロインたちは肝心なときに決まって卒倒するじゃありませんか。でも、卒倒って、本当はどんなことなんですの。ふらついたときにそのまま自分から倒れてみればいいのかしら、それとも、やっぱり知らぬ間に意識を失って崩れ落ちるのかしら。

そう聞かれて、見えているはずもない白っぽい空が奥行きもなく拡がっているのが首筋越しに見えてくるのだといおうとしたが、それでは蓬子には何のことか分かるまい。二朗は、むしろ、自在に失神をくり返すことで人気者となった年増の二流芸者のことを、兄貴から何度も聞かされていたのを思い出す。本気か芝居かは定かでないが、そいつは交情中に感極まってぷへーとうめくなり白目を見せたまま呼吸を止めてしまうので、冷や酒で指を湿らせてとんとんと眉間をたたいてやると、思いきり深呼吸しながら目をさまし、あたりを見まわしながら、また生き返ってしまったみたい。さあ、もう一度、存分に殺してやって下さいなと腰を揺さぶるのだという。ほどなく、二度目の失神が女を硬直させる。そのときの膣のあたりの収縮ぶりが人気の秘密らしいと兄貴はいっていた。三度目に失神した女は、酒を口に含んでぱっと霧にして顔一面に吹きつけてやると目をさまし、こんどこそ本気で殺して下さいなとおもむろに腰を使い始めるのだというのだから、そんな芸当などいまの蓬子にできようはずもない。まあ、きみには失神はまだ無理だねというと、わたくしのことを未熟な女だと軽蔑してらっしゃるのね。ええ、結構。あれこれ修業をつんで、いつか二朗兄さまの目の前で晴れて失神して見せますから、ご覚悟よろしくねとすねたように黙り込んでしまう。

しばらくして、メロンの果肉にスプーンをそえた蓬子が、召しあがりますかとこちらの顔を覗きこむ。濱尾の家でも振る舞われたからおれはいらんと応じると、じゃあ頂戴するわねと口に含み、まあ美味しいこと。これで体力も回復するでしょうから、二朗兄さまも召しあがれよとスプーンを口もとに寄せる。いや、汁が垂れたり種がほっぺたにこびりついたりして面倒だというと、じゃあ、綺麗な一切れを口移しにしてさしあげますわというなり、残っていた種をとりのぞいた大きなかたまりを口に含み、すっと顔を近づける。自分でも不思議なほど素直に唇を開くとそこに冷たくて柔らかな果肉が滑り落ち、それを味わおうとするこちらの唇のはしを脅え気味の幼い舌の先がちろちろと舐めるので、思わずそれに応えて舌を動かしてみる。しばらくそれに応じていた従妹はいきなりさっと身を引き離し、火照った頬に手を当ててしばらく無言でいたかと思うと、いまのは接吻ではありません、看護です、あくまで献身的な看護というものですというなりうつむいてしまう。

気詰まりな沈黙を引きのばすまいとするかのように、蓬子はいきなり声の調子を変え、二朗兄さまの「おみお玉」はまだお痛みですのと訊く。さいわい、アスピリンでおさまっているというと、じゃあ、今晩は尊いものをしかと拝ませていただけますのねと、まるで秘めごとでも口にするかのように耳もとでささやく。その言葉で従妹の訪問の意味を理解した二朗は、こいつはまだあの一色海岸の納戸でのことを忘れておらんのだと思いあたり、いや、確かに約束はしたが、今夜にかぎってはとても見せられる状態ではないというと、あら、濱尾家の女の方々には堂々と開陳なさったっていうのに、前からおねだりしていた親しい従妹のわたくしには見せて下さらないなんて、二朗兄さまはいったいどんな了見をしてらっしゃるのといいながら、いきなり立て膝になって掛け蒲団をとりのけようとする。それだけは勘弁してくれと懇願し、とてもそんな気分になれぬのだと不機嫌さを装うと、分かりました、「そんな気分」が「どんな気分」なのか女のわたくしにはからっきし想像もつきませんが、敬愛する従兄さまがそうおっしゃるなら無理にとは申しません。でも、触るぐらいならいいでしょう。まるで自分自身にいい聞かせるようにそういいながら、従妹はいきなりごろりと横になって添い寝の姿勢をとり、右手をおもむろに蒲団の下に滑りこませ、氷嚢を避けながらさぐりあてた陰茎にそっと指を添える。

まあ、こんなに冷えちまってるけど、いざとなったら、これが本当に伸びたり、熱を帯びたり、硬くなったりするものなのですかと蓬子は目をつむったままいう。英語でいうなら、さしずめこれはおれにとっての最初の pillow talk ということになろうが、それにしては何とも散文的な展開になっちまったものだと嘆息しながら、いや、きみみたいに色気のない小娘に握られたって、これといった変化をみせたりはしないから、安心して握っているがよかろうといっておく。では、こうして手をそえていても、二朗兄さまの尊いものは勃起しないのですかと横たわったまま首を傾げる。「勃起」といった漢語もまた、結婚前の乙女が口にすべき語彙ではない。せめて、「昂ぶる」ぐらいの和語がふさわしかろうというと、あら、姉は結婚前からはっきり「勃起」といっておりましたよと抗弁するので、きみがあんな色気違いの真似するもんじゃあないというと、「色気違い」はお祖父さまの遺伝だから、二朗さんだっていずれはそう分類されることになる。お従兄さまのれっきとした従姉の「色気違い」が、そういっておりましたと薄笑いを浮かべる。一過性のインポテンツに陥っているから、「勃起」することはまずなかろうとは明かさずにおき、じゃあ、本気でためしてみるがよかろう。きみみたいな「色気のない小娘」に一心不乱に撫でられて、はたしておれのものが「勃起」するかどうか。

そういわれて意を決したかのように起きあがった蓬子は、「色気違い」の姉からは、あんなもの、唾で濡らした両手でもにょりもにょりと揉んでやれば、たいていの男は五分もしないうちに、ぷへーとうめいて白い液体を迸らせて萎えるものだと聞いております。でも、わたくしの唾液で二朗兄さまの尊いものはとても穢せませんから、せめてメロンの汁で手を湿らせてから握らせていただきますというなり、頭を半分ほど蒲団のしたに潜らせ、これでどうかしらと陰茎に濡れた両手を添えて不器用に上下に滑らせるのだが、人力車に揺られながらお佐登に触れられていたときのような爽快な気分は訪れそうもない。どうやらそれを感じとったらしい従妹は、ボブカットの短髪を揺さぶりながら起きあがり、二朗兄さまの意地悪。どうせわたくしは「色気のない小娘」でしかありません。無理して看護という名の接吻までしてさしあげても、「色気のない小娘」がいきなり「婀娜っぽい女」に変身することなどできませんものねといいながら、裾が乱れているのも気づかぬまま、ふてくされた表情で、いきなり動物のようなだらしのなさで、ごろりと身を横たえる。

それとも、わたくしなどと違い、伯爵夫人のような方にでも触ってもらったら、あれは目に見えて「勃起」するのですかと蓬子は問いかける。なぜ、いきなり伯爵夫人のことが話題になるのか。そもそもおれは、濱尾などと違って、あのひとに触ったり、あのひとに触られたりしたことなど一度もないし、それを夢見たことすらないぞというと、あらそうかしら、あれはなかなか「婀娜っぽい女」だって、いつかお兄さまがいってらしたでしょうにと従妹は口をとんがらせる。たしかにそう思ったことはあるが、きみに向かってそんなことを口にした記憶はない。では、このわたくしに、わざわざ「婀娜っぽい」なんていう言葉を教えてくださったのは、いったいどこのどなたですか。そう口にするなりしばらく黙っていた蓬子は、どうせこの出来損ないの従妹は、いくら背伸びしたって二朗兄さまの目に「婀娜っぽい女」とは映らないのでしょうねとすねたようにつぶやくので、いや、そんなことはない、きみが頑固に変えようとしないそのルイーズ・ブルックスばりのボブカットは悪くはないと思っているし、むしろ気に入っているのだぞといいながら、その首筋の毛の生えぎわにそっと手をそえてやると、ああ、とても気分がよくなりましたといいながら深く息をつき、しばらくそのままにしといて下さいなと声を低め、接吻までしてしまったのですから、今夜は失神できそうな気がしてきましたと、改めて陰茎にそえた指先にことさら力を加える。

物騒なことをいうもんじゃないと諭しながら、これといって見映えのしないちっぽけな耳たぶにそっと触れ、ゆっくりと指先で撫でてやると、従妹の息がゆるやかに乱れ始めるのがわかる。かりにこれを愛撫と呼ぶのであれば、おれの最初の愛撫の対象は、「婀娜っぽさ」のかけらもない「色気のない小娘」だったことになるのだなと慨嘆しながら、こんなところを小春にでも見られたら何をいわれるかわからんから、そろそろ帰り支度でもしたらどうだいと耳もとでささやくと、まるっきり返事がない。乱れた浴衣の裾を整えようともせぬまま、蓬子はいつの間にかすやすやと寝息をたてている。

V

二朗さん、こんなところですやすやと寝息をたててる場合じゃありませんよ。近くて遠い女の声が鼻先をぼんやり旋回していたかと思うと、不意に眉間のあたりに何やら冷たいものが触れる。目をあけると、電話ボックスの補助椅子に座らせられていた二朗の前に、いつになく真剣そうな伯爵夫人の顔が迫ってくる。表情はさっきまでの年増の二流芸者めいた卑猥な気配などまったくとどめておらず、冷たい発泡性の液体に浸した長くて骨ばった指先を彼の眉間にあてがい、とんとんと軽くたたいているところだった。いつ運ばれてきたのか、電話台の上には小さな銀製の盆に細長いグラスが窮屈そうに二つ並べられており、その一つを手にした伯爵夫人は、これでお目覚めでなかったら、こんどはシャンペンを口いっぱいに含んで、ぱっと霧のようにお顔一面に吹きかけるつもりでおりましたといぅ。その前にお目覚めでひとまずほっといたしました。いくら頬っぺをたたいても、草履で靴を踏んづけても、耳たぶを思いきり抓《つね》ってみてもうんともすんともいわないので、一時は聖路加向けの救急車を手配しようと思ったほどですから。そうつぶやきながらグラスを目の前にそっとかかげると、いきなりのけぞるように思い切りよく飲みほしてみせる。ああ、いつもの伯爵夫人が戻ってきた。まだ朦朧としたままの二朗はともかくも安堵し、かりにシャンペンを霧のように顔一面に吹きかけられたなら、どれほど爽快な目覚めを味わえたろうにとちょっぴり惜しまれぬでもない。

お茶室でのお点前にお誘いした未成年のあなたに、これを一気に飲みほせとは申しません。でも、折角ですから、グラスのはしにそっと唇をそえて舌を潤すぐらいの真似はしてみてくださいな。そういわれて手にしたグラスを顔に近づけると、こまかな気泡が音もなくはじけて口のまわりを濡らし、頬いっぱいに涼しさがひろがるので、不意に生き返る思いがする。久しぶりに外気を胸いっぱいに吸い込めたような気がしてそれ以上はグラスを傾けずにおくと、まあ、そこまでですの、意気地のない二朗さん。せめて三分の一ぐらいはお飲みになると期待しておりましたのにと、いたずらっぽい笑顔を浮かべる。こんなこと、お話しすべきかどうか迷いもしますが、あなたの年頃だったわたくしは、せめて舌を潤すぐらいはしてみろとある殿方にいわれ、意固地になって一息に飲みほしてしまった。瀟洒な高級飲料の味を愉しんでいる余裕などこれっぽっちもなかったし、胸もとから首筋、頬にかけての肌が目に見えて紅潮するのがわかって恥ずかしくもありましたが、ここではぐっと飲みほすことが男女の儀礼にかなうものだと直感しておりましたので、思いきってそうしてみました。ああ、みごとな飲みっぷりだというなり、その方はわたくしの腰に両腕をそえてシャンデリア近くまですっと持ち上げ——その時期のわたくしは、いまほど肉はついておりませんでした——、ちょっと離れたベッドに仰向けのままどさりと無造作に放り出すと、ポンポンと手をたたいてひかえていた侍女たちを呼びだし、そのうちのひとりに命じてわたくしの着ているものを一枚一枚脱がせ、小娘なりの羞恥をわずかでも遠ざけようとするかのように、大きな壺に入れて持参した香りのよいぬるま湯で、からだじゅうを念入りに湿らせてくださいました。

いまさら覚悟のほどを確かめたりはせんぞとひとり言のようにつぶやきながら、殿方はゆっくり時間をかけてわたくしの中に滑りこまれたのですが、田舎の母がおめこと呼んでいたものが受けとめる衝撃は想像を超えており、悦びとは無縁のその苛烈さに頭の芯がくらくらするほどでした。お尻のあたりまで血まみれになったわたくしは、それでも朝まで一度も気を失ったりはしませんでしたよ、二朗さん。そういいながら、伯爵夫人は胸をそらせてみせる。侍女たちが汚れたシーツをとりかえ、二人分の朝食を盆に乗せて運んできたころには痛みもおさまり、からだにはむしろ力がみなぎり始めたようで、初めて目にする異性の仕組みが何とも新鮮に思えてならず、男のちんぽほど正直なものはないと母がいっていたのを思い出しながら、山盛りの胡桃の脇に置かれていた細長い鋏のような胡桃割り器を手にとると、いまだ萎えようとはしていない立派なものや、二つの睾丸をかわるがわるに挟んで大きさをくらべて見たりしておりました。しばらくそのさまを黙って見ておられた殿方は、いきなり、その若さでいたずらに器財を弄んではならぬ。こうしたものには何のためらいもなく唇と指を使うものだと諭してから、よく覚えておくがよかろう。年頃の娘というものは、どうかすると身に危険が及ぶことがないともかぎらぬから、その際には、躊躇なく相手の金玉を握って思いきり捻りあげるのがよかろう。どんな男もそれでいったんはひるむものだと、こちらの顔をじっと見つめていわれたのです。

その方が爵位をお持ちだったのですかと訊こうとしたが、そんなことを二朗さんにご披露するいわれはありませんと釘を刺されそうな気がしたし、むしろ知らずにいることが伯爵夫人の魅力をきわだたせてくれるはずだと自分にいい聞かせて黙っていると、まるでこちらの戸惑い気味の沈黙を読み切ったかのように、いいえ、伯爵と出会ったのは戦火もあらかた収まった大陸でのこと。金玉潰しの効用を伝授されたのは戦時下の倫敦、独逸《ドイツ》軍の飛行船による爆撃で町中が騒然としていた時期でした。倫敦といえば、それが誰のことか二朗さんなら想像がおつきでしょう。わたくしのことをあなたのお祖父さまの「めかけばら」だと思いこませたがっている小春さんは、これと思うひとをつかまえてはそういいふらしているみたいですけど、あの方にどれほど偏執狂的な性癖があろうと、自分の娘の処女を奪ったりするような破戒無慙な振る舞いなどなさるはずもない。信州の山奥に住む甲斐性もない百姓の娘で、さる理由から母と東京に移り住むことになったわたくしにも、れっきとした父親がおりました。あまり自慢できる男ではありませんが、一人娘のわたくしを溺愛していたらしい。でも、そんなことより、何を企んでいるのかわからないあの小春という女には、くれぐれもご注意遊ばせ。あんな顔をしていながら、モールス符号をすらすらと解読できるのですから。もっとも、あの女を拾いあげたのもお祖父さまですから、おいそれと暇もだせませんしね。

二週間ほどたってからでしょうか、そろそろ使い勝手もよくなったろうと問われて参上すると、ひかえの間で侍女たちによる身体検査のようなものがあり、その結果を耳うちされ、では例の者たちを呼べとお祖父さまがおっしゃると、素肌でベッドに寝そべっていたわたくしの前に、三人の男が導き入れられました。いずれも真っ裸で、見あげるように背の高い黒ん坊、ターバンを捲いた浅黒い肌の中年男、それにずんぐりと腹のでた小柄な初老の東洋人。こうした顔ぶれが召喚されたことの意味を察し、ああ、この三人の男たちに組みしかれることでしかお祖父さまにふさわしい女にはなれないのかと暗い気持ちになりました。誰ひとりお祖父さまの匂いたつような男の色気を漂わせておらず、ぶらさげている男根はどれもこれも見た目が陰惨で、かりにこのうちのひとりに組みしかれて女になったのだとしたら、どんなにか人間嫌いになっていただろうと思わずにはいられません。およそ一尺三寸もあろうかと見えた黒ん坊の勃起した赤い亀頭がすぽりと股間に滑りこんだときは、覚悟していた痛みの無さに驚き、まるで民族的な儀式のように根もとまで律儀にくい込ませてはゆっくり抜いたりするリズムにあわせて腰を揺らせ始める自分に驚きながら、最後には嬌声まであげて恥じることさえなかった。でも、お祖父さまは一滴も洩らされなかった液体が膣一杯にどばどばとあふれて、股のあたりまでぬるぬるになってしまったので、侍女の一人が長いスポイトのようなものを局部にさしこみ、そのまわりまで入念に洗浄してくれました。精液で素肌を汚されたのはこれが初めてだったのでひどく気落ちし、そのまましばらく仰向けに寝そべって呼吸を整えたいと思ったのですが、そんな贅沢は許されぬというかのように、ターバンの男が間髪も入れずにのしかかり、まるでナイフですっぽりと切ったソーセージのように亀頭の丸みを欠いた思いきり太い逸物――それが割礼の結果なのだと、あとで知りました――の、時計回りのゆるやかな旋回運動で襞という襞を責めたてられているうちに、初めはこれも修業だと耐えていた相手に思わず足をからめてしがみつき、唇まで求める始末。それに熱っぽく応じる相手とものもいわずにもつれ合っているうちに、勢い余って重なりあったままベッドから転げ落ち、その衝撃で腰も使えなくなってあえいでいたわたくしのかたわらに、三人目の小太りの東洋人が淫靡な瞳を向けて立っている。見ると、一寸もなかろうと思えるほどちっぽけで、皮をかぶったままの栗のように丸いものが、たるんだその腹に隠れるように睾丸の間にこびりついている。そのさまは、性器のまじわりという愛戯の形式そのものをあざけっているかのように思われました。

こんな男とは、絶対に肌を合わせたくない。そう思ってとっさに胸と下腹を両手で隠すと、小娘なりの防御の姿勢を羞恥のそれととり違えた男は、いまさら隠してどうなる、このあばずれ奴がと野太い声を響かせる。それが日本語だったことに驚きながら、信州の山奥に残してきた甲斐性のない父親が、都会の曖昧宿で売女となった娘にばったりと出くわし、勃起しても相手に見えないほど貧相なちんぼをさらしながらひたすら娘の非を責めたて、あげくのはてに、こらえきれずにその胸もとに顔をうずめたままはててしまうといった光景に立ちあわされるのかと想像し、惨めな気持ちになりました。どこか父親を思わせるこの醜い小男だけには、素肌をゆだねたくない。そう心に決めて素早く立ちあがり、体当たりをくらわせるようにしてかがみこんでその金玉を握って思いきりひねりあげたところ、その父親もどきは憮然として表情も変えず、しばらくこちらの眼をじっと見ていたかと思うと、いきなり両手を拡げて空手のような一撃をこちらの二の腕に喰らわせる。痛みを欠いたその一撃で嘘のように力が萎え、その場に崩れおちるわたくしをすかさずそり返らせるように抱えあげた小男は、こちらのからだを真っ逆さまにぶらさげたまま、髪の毛が床すれすれに滑るような恰好で揺さぶりながら、肩にかかえた両足を両脇でぎゅっと締めつける。その素早さに驚いている暇もないまま、わたくしは男の目の前に股を拡げた恰好で宙ぶらりんのまま動きを奪われてしまう。あとは、相手の意のままに操られました。無惨に露呈された陰部に唇をそえる男は、牛のように大量の唾液を陰毛からお臍のあたりまでしたたらせながら、むきだしにされた陰核を音をたててしゃぶり始める。憎悪と屈辱に身を震わせながらも、なぜかこの姿勢でそこを責められていると思いがけぬ未来が開けそうな気がして、あの甲斐性のない父親にせめてこんな才覚がそなわっていたのならなどと、真っ逆さまにぶらさげられたまま、埒もない夢想にふけっておりました。

柄にもなく金玉を潰しにかかったあばずれ娘への懲らしめは、いま始まったばかりだという男の声には何やらさからいがたい威厳がそなわっており、わたくしは、父ちゃん、どうか堪忍してくださいなと思っても見ない言葉を口走ってしまう。許すわけにはゆかぬ、このあばずれ娘奴が。そういいながら、本物の父親にはとてもできそうもない俊敏な仕草でわたくしをうつぶせに組み敷き、腰を浮かせる恰好で位置をきめるとすばやく背後にまわりこみ、持ちあげた尻を思いきり押し広げ、そのまわりをたっぷりと唾液で濡らしてから、両手の親指を肛門にさしいれて左右にぐっと拡げる。ああ、そんなことまでと度胆を抜かれると、こらえていたわけでもない腸内の瓦斯が勢いよく放出される。このあばずれ娘奴、屁をこきやがった。そういわれるまで、自分のからだに何が起きたのかわかりませんでしたが、かくほどまでに羞恥心を放棄するとはむしろよき徴候であるといいながら、父親もどきがさらにこちらの下腹をもみしだくと、こんどは勇壮な進軍ラッパのような乾いた金属音がたてつづけに大腸の底から洩れでて、滞っていたこの部屋の空気を場違いに活気づける。その進軍ラッパを響かせているのが自分だとはにわかに信じがたく、またしても父ちゃん、堪忍してと声を立ててしまう。

　その懇願を聞きながし、こんどは処女の痛みを改めて味わわせてやろうといいながら、石のように丸くて硬いものを膣孔にあてがう。はじめは胡桃かと思い、こんなものをいくつも子宮につめこまれたらどうなるのかと、生きた心地もしませんでしたが、どうやらそれはゴルフボール大の石のようなもので、男はそれを金槌で打ちつけるように滑りこませようとしている。痛いなら痛いといえば楽になるぞといいながら、男はその硬いゴルフボール状のものを子宮にすっぽりと埋め込むと、それが倍ぐらいの大きさにふくれあがるのがわかる。しかもそれは鉄のように硬いので、引き抜かれるときに膣が裂けるほど痛みが走る。ああ、これでまた血だらけになるのかと脅えていると、それは軽石のような触感で膣の襞を摩擦するので、かつてない感覚が臍から下をぶるぶると痙攣させる。それでよし、あとはからだの反応にまかせて花火のように散るがよいと男が耳もとでささやくとき、わたくしは、一寸もなかったはずの男のものが、いったん胎内におさまると、丸さを維持しながら自在に膨張と収縮をくり返して膣孔を痛めつけているのだと初めて理解しました。この小男のちっぽけなものは、いったん入ってしまうと、おいそれとは抜けそうもないほど巨大な塊となる。無理に抜かれると襞がひきちぎられるようで、ああ、わたくしのものはまだそれにふさわしいしなやかさには達していないと思い知らされました。男は、さあ抜くぞといって背後から脅迫する。抜かれるときの痛みが尋常なものではないと知らされてしまったので、男が射精すれば硬さも弱まりはせぬかと腰を使ってみたものの、硬質な球状の器官はさらに増大しながら子宮を圧迫し、襞を痙攣させる。こらえきれなくなったあばずれ娘の耳もとで、男は抜くぞ、さあ抜いてやるぞと低くつぶやく。こらえきれなくなって、父ちゃん、堪忍して。後生だから抜かないで。抜かれたら死んじゃいますと惚けたようにわめきながら、わたくしは気を失う。見えているはずもない白っぽい空が奥行きもなく拡がっているのが、首筋越しに見えてくるような気がしました。

こうして最初の金玉潰しに惨めに失敗したわたくしは、お祖父さまからシャンペンを顔一面に吹きかけられて目をさましたのですが、三人の男はすでに姿を消していました。あんなことまでやったのだから多少はお祖父さまにふさわしい女に近づけそうだと妙な自信を持ち始めたわたくしに、失神するのは仕方あるまいが、みだりに白目を剝いたりするのはつつしむがよいと諭しながら、現像されたばかりでまだ濡れている大きな写真を何枚も示された。見るも無惨な光景でした。醜い小男に犬のように背後から犯されたわたくしは、白目を剝いたまま、だらしなくよだれをたらしてベッドにはいつくばっている。それからは、失神しても、何とか黒眼のままで、遠くの空でも見ているような表情だけは維持するように努めました。

　そう語り終える伯爵夫人の無表情な横顔をみながら、何のことはない、このひとにも失神の経験があったじゃないかと二朗はいくぶんか高を括りはしたが、この話は嘘とまではいわぬにせよ、おれを惑わすための挿話だけが周到に取捨選択されているはずだとも直感する。一尺三寸もある黒ん坊の長くて先端が真っ赤な亀頭だの、亜拉毘亜《アラビア》系の猶太《ユダヤ》人かもしれぬ男の輪切りにされたソーセージのような平らな亀頭だの、おれが見たこともない細部ばかりが選ばれて異国性が強調されていながら、不意に甲斐性のない父親まがいの醜い小男の日本人の硬くて丸い逸物で背後から犯され、「父ちゃん、堪忍して」とうめいたりする「あばずれ娘」が登場したのは、二流の年増芸者という卑猥さの文脈へと誘っているかに見えるからだ。この女は、おれが多少は知っているつもりの伯爵夫人と、まったく知らなかった年増の二流芸者とを巧みに使い分けて翻弄しようとしている。それをまともに信じてはとても勝ち目はないと判断した二朗は、黙らっしゃい、この年増芸者の花電車奴がと荒っぽく口走りそうになる自分をかろうじてこらえ、しばらく相手の出方を観察してみようと思い立つ。いくら祖父がらみのこととはいえ、とても誉められたものとはいえない過去の体験をぺらぺらと語ってみせるのは、肝心な何かを隠そうとするためだとしか思えなかったからだ。とはいえ、その「肝心な何か」を、おれが本当に知りたがっているかといえば、それは大いに疑わしい。

伯爵夫人は、何ごともなかったように語りつぐ。もちろん、さきほどあなたの金玉をねじりあげたのは、身の危険からではないし、ましてや嫌悪感からでもなく、あくまで男女の儀礼に背いた青二才を「懲らしめ」るためでした。ところが、「懲らしめ」の対象である殿方はといえば、いくぶんか手荒に金玉を痛めつけられただけであっさり気絶し、あろうことか、懲罰を下したつもりの女の前ですやすやと心地よさそうに寝息までたててしまう。もってのほかといわざるをえません。男が肝心な部分をちょっぴり捻りあげられたぐらいで、あらかたの女どもがいきなり献身的となり、丹精こめて痛みをやわらげてくれるものだとでも勘違いなさってらっしゃるのですか。伯爵夫人は、まるで濱尾家でのルー・ゲーリッグ事件の顚末を聞き知っていたかのように、そういってのける。あなたのまわりの女たちとは違い、わたくしには慰撫するつもりなんてこれっぽっちもなかったのに、あなたは、いきなりぷへーとうめいてうつぶせに倒れかかり、あわててこの補助椅子に座らせようと身を傾けたわたくしの胸元にのんびりと顔をあずけたまま眠りこんでしまう。二朗さん、あなたは、いったいどんな感情教育を受けてこられたのですか。

十九世紀の佛蘭西文学に『感情教育』という作品があることぐらいは知っていたし、そこで「男女の儀礼」のあれこれが語られているだろうぐらいは想像がつくが、「あばずれ女」が曖昧宿で生みの父と出会ったりする挿話が語られているかどうかなど、読んだことのない二朗にはわかろうはずもない。それとも、これは、「懲らしめ」のための「金玉潰し」がヒロインによって演じられていることで有名な作品なのだろうか。あたかもそうだというかのように、伯爵夫人は、もっぱら男女の急所について語り始める。

男の睾丸がそうであるように、女にも急所はいくつかあります。それは、まだ女を知らないあなたでも、よくご存じのことよね。こうした場合、窮地に陥った男なら、反射的に、女の胸や下腹部を攻撃するのが男女の儀礼にかなった振る舞いというもの。わたくしは、あなたのお祖父さまからそう教育された女です。ちょっぴり太股を拡げてさしあげただけで目に見えて呼吸が荒くなる濱尾さんと違って、年増の後家の「熟れたまんこ」にはほとんど興味を示そうともなさらない二朗さんが、いきなりわたくしの陰核をさぐりあてたり、大陰唇や小陰唇をかきわけて膣にたどりつくことなどまずありますまいが、せめて胸を責めたてるぐらいのとっさの機転は働かせてもよかろうにと期待しておりました。でも、勘違いはなさらないように。あなたの厚くて柔らかそうな大きな掌でこの乳房を揉みほぐされたいなどと夢想したのではありませんよ。ただ、そのぐらいの反射神経が発揮されてもよかったろうにと、歯がゆく思ったというだけのこと。ともかくも、あなたは始めっから男女の儀礼に目をそむけておられた。これは、誰が見たって糾弾さるべきことでしょう。そういいながらハンドバッグから小さな香水の瓶をとりだし、それを両手と首筋にさっと濡らすと、伯爵夫人にしてはいささか卑猥な言葉遣いで、金玉潰しにかけては天才肌とも呼ばれているこのわたくしがほどよく手加減を加えていたのですから、卒倒するほどの痛みなどあったはずもない。だというのに、女の専売特許でもある失神をあなたは瞬時に選択された。どうせ、見えるはずもない白っぽい空が奥行きもなく拡がっているのが首筋越しに見えたなどとおっしゃるのでしょうが、わたくしは絶対に許しません。

さあ、もういちど金玉を攻撃してみせますから、あなたも男女の儀礼にふさわしく、胸なりおまんこなり、わたくしの急所を好き勝手にお責めなさいな。そういいながら、窮屈そうに補助椅子に腰をおろしている二朗を見くだし、心配なさるにはおよびません、こうしたホテルの電話ボックスというものは、いわくありげな男女が長々と痴話げんかを演じたりしても支障のないように設計されており、声が外には洩れぬような頑丈な造りになっているし、胸の高さまでは曇りガラスだし、腰から下も見えないように艶をおびた厚い木製の板がかなりの高さまで張りめぐらされておりますから、何のためらいもなく女の急所をお責めなさいな。またしても辰巳の二流芸者のあばずれた気配を漂わせはじめた相手は、そういいながらかがみこみ、まるで塵でもはらうかのように二朗の股間をぽんぽんと軽くたたいてみせる。伯爵夫人にしてはいくぶんか下卑てはいるが、いかにも年期の入った年増の二流芸者ならやってのけそうなその余裕の仕草に、二朗は違和感を覚える。さあ、あたいの「熟れたまんこ」を攻撃しなされ。それとも、目の前の乳房の方がてっとり早いかしらと胸を近づけ、滑りこませた右手で二朗の股間をまさぐろうとする。

折角のご提案ですが、そうした仕草をこの場で実践することは回避させていただきます。二朗は、自分でも驚くほど断固とした口調で女の命令にさからい、股間にそえられたその右手を勢いよく振りはらう。それが男女の儀礼にふさわしい「感情教育」というものだとするなら、あくまで教育の埒外にいたいとさえ思います。あらまあ、あなたはまだ見たこともないわたくしのこの胸を、年増だという理由で避けようとでもなさるおつもりなの。ちゅうちゅうとお乳を吸ったことがまだ忘れられずにいるお母さまの乳房ほどに豊満ではないにせよ、女としての魅力はいまなおこの胸もとで華やいでおりますことよ。さあ、その手をわたくしの胸もとにさっとさしいれ、心おきなく襦袢のしたの乳首でもまさぐってご覧遊ばせ。

またしても、二朗はだまって首を横に振る。あらまあ、あなたはかたくなに男女の儀礼に背こうとなさるのね。それとも、あれかしら。あなたにはあまり他人には知られたくない倒錯的な性癖があって、よもぎさんみたいなあるかないかの乳首に唇をよせながら、むらむらと勃起なさったりする方なのかしら。その言葉を耳にした二朗は、これまで伯爵夫人にはいだいたことのない憤りを覚えている自分に驚きながら、つとめて冷静さを装い、あなたには深い敬愛の念をいだいており、そのことはあなたもよくご存じのはず。とはいえ、わが血縁の女たちの胸の隆起や平坦さと比較しながら、ご自身の女盛りの性的な魅力を誇示なさろうとするあなたの態度には、とうてい敬意をいだくことができませんといいきってみせる。わが一族の女たちの名誉にかけて、どうかいまのお言葉はお取り消しくださいと二朗はさらに語気を強める。ぺちゃんこな胸にはぺちゃんこな胸なりの存在意義があるものだし、あなたのものほどに「熟れ」てはいなくとも、蓬子は蓬子なりの貧相な肉の襞をからだの中心にかかえこんだまま、これからも生きてゆくのです。

まあ、二朗さんにしてはめずらしく、やたらと美しい人生訓を開陳なさいましたこと。でもね、そんな人生訓ではとてもよもぎさんは救えませんよ。この間、たまたまご一緒した湯河原の家族風呂でちょっぴり身体検査めいたものをしてさしあげましたけど、よもぎさんのあの貧相なからだつきと、女なら誰もが多少は心得ている媚態というもののあっけらかんとした欠落ぶりからすると、どんな男と結婚しようと、妊娠する前にご亭主がどこかにおめかけさんをこさえちまいますよ。あなたは、そのことにどんな責任をとろうとなさるおつもりなの。伯爵夫人は、勝ち誇ったようにそうつぶやく。その言葉から、間違っても妾宅など構えそうもないあの横浜正金のぼんくらに蓬子を嫁がせようとする伯爵夫人の思惑が察せられ、性器をめぐる女たちの振る舞い方の的確さと無駄のなさに改めて驚く。それと同時に、あいつにまともな接吻ひとつ教えてやれなかった自分を悔い、あのぺちゃんこの胸だって、心をこめて愛撫しておいてやれば多少は見映えのするものになったのかもしれないと、年長の男性としての不甲斐なさを恥じるしかなかった。

あたかもその内心の乱れを察したかのように、お兄様が早くにお亡くなりになったので、そのお年で一家を支えようとなさる二朗さんの健気さは賞讃に値します。けど、あの放任主義はさすがに考えものとはいえ、よもぎさんにだってれっきとしたご両親がおられるのですから、ご贔屓のお従妹さんの将来を未成年のあなたがあれこれ心配なさるにはおよびません。そんな家族の問題は、わたくしども女に任せておおきなさいませなと相手は胸をそらせてみせる。

とんでもない。あなたは勘違いしておられる。あるいは勘違いするふりを装って「家族の問題」だなどといいつのり、かろうじて保たれているこの世界の均衡から目をそらせようとしておられる。しかし、あなたもご承知のように、いまぼくがここで直面しているのは、家族の枠などにはとてもおさまりがつかぬ世界の問題なのです。低くおさえた声でそういうと、妙に能弁になる自分に驚きながら二朗は続ける。あなたが豊満だといわれ、わたくしには触覚的にも、視覚的にもその記憶がまったくよみがえってこない母の乳房や、雛あられの桃色の軽くて甘い米粒みたいにちっぽけなことを触覚的にも視覚的にもしっかりと記憶している蓬子の乳首は、個人的にはどれほど執着を覚えるものであろうと、所詮は世界の一部にすぎません。しかし、あなたがさっき「あたいの熟れたまんこ」と呼ばれたものは、それをまさぐることを触覚的にも視覚的にも自分に禁じており、想像の領域においてさえ想い描くことを自粛しているわたくしにとって、とうてい世界の一部におさまったりするものではない。あからさまに露呈されてはいなくとも、あるいは露呈されていないからこそ、かろうじて保たれているこのあぶなっかしい世界の均衡を崩すまいと息づいている貴重な中心なのです。それに、あたくしの正体を本気で探ろうとなさったりすると、かろうじて維持されているこの世界の均衡がどこかでぐらりと崩れかねないから、わたくしが誰なのかを詮索するのはひかえておかれるのがよろしかろうといった婉曲な禁止の気配を、あなたの存在そのものが、あたりに行きわたらせていはしなかったでしょうか。そんなあなたは、どんなお召し物を身につけておられようと、ふとした瞬間に、こちらがぜひにと懇願したわけでもないのに、自分から着ているものをさらりと脱ぎ捨ててしまったかのように思えることがある。さきほど、日陰になった人気のない歩道で、ばふりばふりと廻っていたビルヂングの回転扉の鈍い西日の反映を受けとめていた和服姿のあなたから、ぼくは全裸以上にあられもない肉の誇らしさを顔一面に受けとめておりました。あなたの「熟れたまんこ」にわざわざ触れてみるにはおよばないのは、そうした理由によるのです。

ふと遠い目になった伯爵夫人は、溜息をつくように身をそらせながら、じゃあ、あなたは、さきほどわたくしがお話しした倫敦でのことなど、まるで信じていらっしゃらないのね。よござんす。あなたの世界とやらがこのわたくしのからだとどのように触れあっているのかは皆目見当もつきませんが、おっしゃることはわかるような気がします。殿方の中には、こちらの裸が見たくてたまらずに何とか着ているものを脱がそうとする方と、わざわざ脱がさなくたってこちらの裸がありありと見えてしまう方とがおられるからです。わたくしが惹かれるのは、もちろん後者。お祖父さまも、わたくしとともに暮した伯爵もそうでした。亡くなった彼と巴丁巴丁で初めてあったとき、まるで素肌のわたくしを見すかしているようなその視線に立ちすくみ、動くこともできませんでした。それからお祖父さま、あの方に初めてシャンデリア近くまで持ちあげられたとき、素肌であたりを舞っているような気がしたものです。ただ、わたくしとしたことが、未成年のあなたにそんな眼力がそなわっているとは、いままで気づきませんでした。

でもね、二朗さん、この世界の均衡なんて、ほんのちょっとしたことで崩れてしまうものなのです。あるいは、崩れていながらも均衡が保たれているような錯覚をあたりに行きわたらせてしまうのが、この世界なのかもしれません。そんな世界に戦争が起きたって、何の不思議もありませんよね。あなた、再来年は徴兵検査でしょう。その屈強な体格からして、甲種合格は間違いなし。そしたら、いつ戦場に放りだされてもおかしくはありません。その前に、身体検査の例のM検というやつで、いがぐり頭のきったならしい軍医補によってまだ女を知らないあなたの魔羅はむんずと握られ、ことと次第によっては尿道の中まで覗かれてしまうのよ。いいんですか、それで。わたくしでもよいと決意されるなら、いつでもお相手させていただきますことよ。

ご心配にはおよびません。ぼくのものを握ったり、口に含んだりしてくれる女性には不自由しておりませんから。ルー・ゲーリッグ事件の日に人力車の中で耳にしたお佐登の言葉や、その晩の寝室での蓬子の不器用な指の動きなどを想起しながらひとまずそういってのける二朗に向かって、あらまあ、それはいったいどこのどなたかしらと伯爵夫人はあざけるように首を傾げてみせる。まさか、あなたは、わたくしより年上の小春さんに無理矢理処理させたりするようなお方ではありませんよね。それから、せんだってお暇をとって彦根にもどり、呉服屋の後妻におさまった文江さんを力ずくで組みしき、あれこれ強要したとも思えない。女の香りも色濃くまつわりついてはいないいまの二朗さんが、亡くなったお兄様のように、烏森の二流芸者を相手に予行演習をしてみたりするはずもない。とすると、ひょっとしてよもぎさんかしら。でも、お色気のかけらもないあのお従妹さんに魔羅をしゃぶられたって、忘我の境地に達するほどの精妙な唇や舌の使い方があの方にできるとは、とても思えませんことよ。

またしても、この女には見すかされているという忸怩たる思いにとらわれはしたが、一呼吸おいてから、深い親愛の情をいだいているあなたに対してであれ、個人の秘めごとを自慢げに披露する趣味などぼくにはこれっぽっちもありませんといいきってみせる。まあ、さすがに二朗さん。今日のわたくしの振るまいに対する嫌みも含まれていそうなので、この小癪な青二才奴がと思いこそすれ、意地を通さねば気のすまぬこのあぶなっかしい反骨ぶりは、とても嫌いにはなれません。でもね、二朗さん、この世界の均衡はいたるところで崩れかけているのに、それがいまなお崩れてはいないと錯覚するような人ばかりがあたりにあふれているとしたら、どうしますか。たとえば、そんな錯覚があおりたてる戦争について、あなたは何を知ってらっしゃるというの、と伯爵夫人は二朗の瞳の奥をきっと覗きこむ。なぜ、戦争なのか。確かに、支那大陸の混沌とした情勢を見れば、いずれもっと大がかりな戦さが始まるのは否定しがたい現実だとさえいえるだろう。とはいえ、男女の急所をめぐる話題がいつの間にか戦争の一語で結論づけられてしまうという事態の推移に、二朗はなお途惑う。ところが、伯爵夫人は執拗に戦争に言及してやまない。あなたは、戦争について、いったい何をご存じだというの、いってご覧遊ばせな。

VI

いつからこうしているのかその記憶さえ薄れてしまった両軍の兵士たちが、もつれあうように張りめぐらされた鉄条網をはさんで対峙しあい、ときおり散発的に鉄砲を撃ちあってみたり、高台のトーチカから発射される機関銃に思いだしたように気を引きしめたり、あらぬ方向で炸裂する手榴弾——そのほとんどは、新兵の操作ミスによる事故だという

——に首をすくめたり、不意に鬨《とき》の声をあげて小規模な衝突を起こし、戦況の悪化とは無縁に律儀な退却をくりかえしたりしているのだが、戦果のほどはすこぶる曖昧で、自軍の優位を確信する者などどちらの陣営にもいそうにない。

かと思うと、気の遠くなるほど川幅が広く、向こう岸が霞んで見えないほどの褐色の流れに、寒々とした兵士たちを乗せた複数の舟艇が、隅田川のポンポン蒸気のようなエンジン音を鈍く響かせながら、味方が陣地を確保していると聞かされていた対岸をめざして、のろのろと針路を定めようとしている。いつものこととはいえ、厚い革の手袋をしていても指がかじかんでしまうほどの寒さが張りつめている早暁の作戦である。ところが、ものの五分もたたぬうちに敵方のサーチライトが水面に交錯したかと思うと、迫撃砲が炸裂して無数の水柱があがる。対岸からの友軍の援護などとうてい期待できそうになく、そのまま渡河作戦を続けるべきか否か誰にも判断しかねているうちに、砲弾の余波で乗っている黒い人影がばらばらと河面に転落し、浮きつ沈みつしながら下流に向けて流されてゆく。あとから発進した舟艇は、やや逡巡したのちに引き返そうとするが、戻るな、対岸めざして進めの声が岸からかかり、勝ち目のない修羅場に向けてのおぼつかない就航を誰もが覚悟するしかない。そんなとき、時間は、いつとも知れず流れることを忘れてしまっている。

隊伍を組んで行進する歩兵中隊が、木漏れ日すら地面におちぬ鬱蒼とした櫟林を抜けて見晴らしのよい草原に足を踏み入れようとするとき、時間はかろうじて流れ始めたかにみえる。地雷を避けながらの行軍は生きた心地がしなかったが、やっと目にすることのできるやや離れた小高い丘のふもとに、友軍の陣地があると聞かされていたからである。ただ、どこといって隠れる窪地さえ見あたらぬこんな平坦な土地を横切るのでは、いつ敵軍の標的とされても不思議でない。誰もがそんな危惧をいだきながら歩を進めると、音もなく急降下する敵軍の複葉機が背後から容赦なく機銃掃射を浴びせかけ、まわりの兵士たちはばたばたと倒れ、指揮官までが言葉もなくただ伏せていることしかできない。かろうじて敵弾を逃れた者たちは、それ見たことかと作戦の無謀さを嘲りながら、こんどこそ間違いなくおれの番だと観念していると、いきなり低空から味方の単葉機が現れて複葉機を追尾しながら空高く舞い上がり、地上からのむなしい歓声を受けとめるかのように大きく宙返りをしてから、エンジン音だけを残して視界から姿を消す。ややあって、鈍い音響とともに丘の向こうにもくもくと黒煙があがるが、墜落したのが敵機か味方機か、それともその両者なのかを確かめうる者など、あたりにはひとりとしていない。伏せていた兵士たちは空に機影のないことを確かめながら、あの丘のふもとまではとうてい無傷でたどりつけまいと諦め、軍服の汚れもはらうことなくゆっくりと隊伍を整え始める。

丘のふもとに目を向けると、立ちこめる糞尿の匂いに誰も顔を顰めなくなった塹壕のぬかるみに、腹のふくれた大きな鼠の死骸がいくつも泥をかぶってころがっている。急ぐでもなくひたすらゆっくりと移動する包帯だらけの負傷兵が不細工な松葉杖でそれを踏みつけ大きくよろけたりしても、あたりの風景にいっさい変化は生じない。新品の供給が滞っており潜望鏡は泥をかぶったままなので、誰ひとり塹壕の外に目を向けたりはしなくなっており、何かの拍子に近づいてくる人影が察知されれば、敵味方を問わず、ただ闇雲に機関銃が乱射されるだろう。そんなとき、やや離れた風上にいきなり黒煙がたちのぼると、それを目にしただけで脅え始め、配備されたばかりの防毒面をわれがちに装着しながら武器を手放して右往左往する兵士たちに向かって、素顔のままの将校が、あれは毒瓦斯ではない、攪乱のための煙にすぎぬから落ちつくのだと叫び続けているが、それとてむなしい叱咤でしかない。どうやら、将校たちの一部には休戦も近いと知らされていたようだが、こんな役立たずの新兵や負傷兵どもが群れをなしてここから撤退したって、そんなことでこの陰惨な塹壕が世界から消滅しようとはとうてい信じきれずにいる。

二朗さんみたいに活動好きなら、戦地に行ったこともない未成年の方でも、そんな光景があれこれ想像できるでしょうと伯爵夫人は同意をうながす。確かに、聖林や歐洲の活動写真——中には、無声の作品さえあった——には、そんな血なまぐさい修羅場があきるほど描き出されており、そこでは決まって主演男優だけが死を免れる。でも、騙されちゃあいけませんよと伯爵夫人は顔をしかめる。銀幕に描かれる銃撃戦なんて、所詮は殿方がお好きなスポーツの域をでるものではなく、戦争というこの世界の大がかりな失調ぶりのほんの一側面を描いているにすぎない。そもそも、人類の半分を占めているわたくしども女の姿がそこにはまったく見あたらず、それがどれほど凄惨なものであろうと、塹壕をはさんでの銃撃戦など、戦争にとってはごく中途半端なものでしかありません。苛酷な地上戦が行われるのは、メゼグリーズの戦いの舞台となったのどかな田園地帯のように、ごくかぎられた地域でのことにすぎません。他方、戦争は、都市であろうと農村であろうと、敵の空爆にさらされていようがいまいが、いたるところで世界がおさまっているただでさえあぶなっかしい均衡を狂わせ、銃を構えていない男女からも時間を奪って行く。

題名は憶えておりませんが、亡くなった伯爵のご贔屓女優ヘレン・ヘイズが、大柄なゲイリー・クーパーの負傷兵を看護しながら恋に落ちるという聖林の活動写真がありました。あそこに描かれていたように、こうした活動写真に登場する女といえば、まるでお呪《まじな》いのように赤十字のマークをつけた信仰深くも献身的な看護婦ばかり。前線から離れた土地に立つ仮ごしらえのテント小屋や、まぎれもなく戦場となって壁が崩れかけた教会の石の床にぎっしりと並べられたベッドの間を、うめく力さえ失った負傷兵たちを慰めながら右往左往するのがせいぜいなのですが、それとて殿方がお好きなスポーツの華やかさ——あるいは、その愚かさ——をきわだたせるための添えものでしかありません。露西亜革命直後の赤軍には腕利きの女狙撃兵がまぎれこんでいて、敵軍の兵士たちを心底から脅えさせたといいますが、ジャンヌ・ダルクでもあるまいし、いまさらおなごが殿方のまねごとをして武器を握ってみたところで、この世界はひたすら凋落するしかありません。

その女狙撃兵の話を聞かされた二朗は、国境紛争が膠着状態に陥っていた時期に、まるで見てきたように濱尾が語ってみせた赤軍の女性兵士のことを思い出す。敵軍にやたらと肌の白い大柄な女が何人かまぎれていると聞いただけで、わが兵士どもは目に見えて浮き足立ってしまったというのである。右手に赤旗を高くかかげ、思いきり胸をはだけた女神のような女兵士が全軍を叱咤してる姿をこの目ではっきりと見た——ドラクロワでもあるまいし、なあ——だのと、まことしやかに語りだす者もひとりやふたりにとどまらない。真っ白い裸の尻がいきなり暗闇から浮かびあがり、それが放尿中の女兵士のものと分かっても、振り返ってにたりと笑われると全身から力が失せ、下半身剝きだしのまま立ちあがっても銃を構えることすらかなわなかったという斥候兵までいる始末で、あとには、威嚇とも嘲笑ともとれぬケケケという女の声が暗闇にこだまするばかりだったという。また、国境の丘陵地帯を自在に走行する敵軍戦車の破壊力に肝を潰した歩兵たちは、あれにはすっぽんぽんの女兵士が同乗しており、どんなに揺れても機関銃を掃射しまくる兵士のおっ立ったちんぽこをくわえたまま離さずにいるのだなどとささやきあってもいる。

軍票を握りしめて性欲処理のための長い行列に加わり、どうやら将校たちには白系露西亜人の女があてがわれているらしいなどと不服そうにつぶやいている兵士たちが、まるで軍事機密でも洩らすかのように小声でささやきあっている女兵士をめぐるそんな噂話を、いまでは下士官までがなかば信じ始めている。指揮官は指揮官で、敵陣に見えかくれする大柄な女兵士の白い人影がもたらす戦意のあからさまな減退ぶりには、どうやら打つ手もなさそうだと深く嘆息するしかない。ところが、特務工作にかかわる将校にもたらされた「確かな」情報によると、対峙しあっている敵軍の師団には、女兵士など一人として含まれてはいないはずだという。だとするなら、兵士や下士官までが目にしたという大柄な色白の女兵士の人影は、戦時期にありがちな集合的な幻影でしかなかったのか。

そんな出鱈目を得意げに語ってみせるのは、どうせご学友の濱尾さんでしょうと、伯爵夫人はあざけるようにいう。あの方は、いざというときはからっきし役立たずの茶坊主だというのに、まあ耳年増とでもいうのかしら、女性をめぐる卑猥な想像力だけは人並みはずれて旺盛で、このわたくしが、かつて上海の佛蘭西租界で高等娼婦をしながら、支那の裏社会の大物たちとも懇ろになり、あげくのはてにその手下どもから悪い病気までもらってしまったなどと大っぴらにいいふらしている。二朗さんもそうお聞きになったはずですが、あなたはそれを肯定なさったの、それとも否定なさったの。いや、あいつのいうことはいつでも話半分と思って聞き流すことにしているので、ことさら肯定も否定もしてはおりませんと答えると、じゃあ、このわたくしは、あなたにとって「話半分」は高等娼婦だったということになりますわよね。佛蘭西租界で悪い病気をうつされたというのも、「話半分」は本当だということになりますが、それでよござんすか。そもそも、濱尾家の次男坊がどうしてそんなありもしない噂ばなしをいいふらしていたのか、あなたに想像できまして。

あの方には、一度だけ肝心なところをちらりと見せてさしあげたことがありますと伯爵夫人は生真面目な表情でいう。あなたが芝園館へ行ってお留守だと承知のうえで訪ねてこられ、小春さんにお小遣いでも握らせて洋間の鍵を手に入れたのでしょうか、何もまとわずに窓辺でうたた寝をしていたわたくしのかたわらにそっと忍びこみ、息を凝らしてじっと見つめておられました。異性の視線が素肌を舐めている気配を察して目を開いたわたくしは、あらまあ、これは珍客来訪ねと歓迎するふりを装い、惚けたようにつっ立っているあの方の前でちょっぴりと股を拡げ、どうかしら、こんなもんでお気に召していただけましたかしらといってやる。はいという思いきり素直な答えにほろりとして、まだ女を知らないまっさらな男のからだを懐かしくも思い、濱尾さん、あなた、ひょっとしてわたくしとなさりたいのかしら。それなら、せっかくですからお望みをかなえてさしあげましょうといったところ、あの茶坊主奴、うっと唸ったまま一歩も前へ踏み出せない。可憐に思って立ちあがり、真っ赤な頬に唇をよせながら、わたくしの中で思いきりはてることで男になるご覚悟なら、ためらったりしている場合ではありません。さあどうぞ、わたくしをそのベッドで荒々しく組みしいてご覧遊ばせ。

もっとも、と伯爵夫人は言葉をついだという。覚悟を決めて忍んでこられたのでしょうから、それなりのご準備はおありでしょうね。こう見えても、殿方をお迎えするのにふさわしい懇ろな器官の持ち主として珍重されておりますから、しかるべき厚さの札束を内ポケットにしのばせてらっしゃるのでしょうねといってやると、濱尾青年、呆気にとられたように黙りこんでしまう。じゃあ、ここで思いをとげられたらその足でご自宅にとって返し、父上に事情を説明して必要な金子を用立てていただき、それを紫のふくさにでも大切にくるんですぐに戻ってらっしゃいな。往復の人力車は小春に手配させますし、用意なさる金額についてはお父様がよくご存じのはずといったら、あの意気地なし、いきなり尻尾を巻いて敵前逃亡してしまった。あの方に本当の勇気があり、わたくしの中で心からの悦びを感じて下さったのなら——まあ、初めてではそれも無理でしょうが——、あれは冗談よと笑いかけてさしあげたのに、無闇と吝嗇な年増女にいいようにあしらわれたと勘違いして、腹いせにあることないこといいふらしている。とっておきの「熟れたまんこ」まで拝ませてさしあげたのに、感謝の気持ちすら表明なさらない。

けど、ご自分では出鱈目をいったつもりのあの耳年増のいかがわしい想像力は、ぴたりと的を射ていました。上海の佛蘭西租界だの、病気、云々だのはともかく、このわたくし、ある時期、本場の倫敦で、「話半分」どころか正真正銘の高等娼婦の「蝶々夫人」として珍重されていたのですからと伯爵夫人はこちらの目を覗きこむ。しかも、そのことをあの方はご存じない。ですから、二朗さんだけに「蝶々夫人」の冒険談を話してさしあげます。もっとも、わたくしの「熟れたまんこ」など見向きもしないあなたは、高等娼婦がどんなことをするものか、それを知ることにさしたる興味もお持ちではありますまい。けど、それは、あなたがおっしゃる世界の揺らぎを左右する決定的な一点にかかわるお仕事なのです。高等娼婦としてわたくしが何をしていたかといえば、殿方に求められるまま、一瞬ごとに戦争の脅威に身をさらしていたのです。これだけは、スター気取りの不心得者に対する懲らしめの大団円と思って聞いて下さいな。

そう断ってから伯爵夫人が語り始めたのは、和蘭陀《オランダ》製のココアの話だった。お宅のお納戸にも二ダースほど常備されているあのココアの缶詰もそろそろ入ってこなくなりますから、どうか大事に使って下さいな。ところで、あの缶に謎めいた微笑を浮かべてこちらを見ているコルネット姿の尼僧が描かれていますが、誰もが知っているように、その尼僧が手にしている盆の上のココア缶にも同じ角張った白いコルネット姿の尼僧が描かれているので、この図柄はひとまわりずつ小さくなりながらどこまでも切れ目なく続くかと思われがちです。ところが、それは無に向けての無限連鎖ではない。なぜなら、あの尼僧が見すえているものは、無限に連鎖するどころか、画面の外に向ける視線によって、その動きをきっぱりと断ちきっているからです。では、尼僧にしては目が男を誘っているようでいかがわしくも見えるあの女は、いったい、何を見すえているのか。それは、消費者である不特定多数の男女ということになるかもしれません。しかし、それは戦争以外の何ものでもないと伯爵夫人はいう。

あの尼僧はいったい誰なのか、あなたがご存じのはずもありませんわよねと苦笑しながら語りつぐ伯爵夫人によれば、もともとは独逸資本だった和蘭陀のチョコレート会社を一夜にして有名にしたあのココアの缶詰の図柄は、さる瑞西の画家によるパステル画に想をえたもので、それを宣伝のための図案の担当者が、ちょっとした思いつきから、白い角張ったコルネット姿の尼僧に描きかえて成立したものだという。では、なぜ尼僧なのか。図案家のキャンバスの前でモデルとなったのはもちろん本物の尼さんなどではなく、目の醒めるほどの真っ赤な陰毛が人目を惹くそれはそれは美しいからだをした裸の女性だった。

大陸でも名高い画家たちのモデルとして引っ張りだこだったというその女性とは、戦争が始まってからすぐにお祖父さまのところで会ったのですが、女が見てもほれぼれするほどかぐわしい素肌の持ち主で、キャサリンと呼ばれていました。彼女の裸婦像をココアにふさわしく着飾ろうとして、その装束をあれこれ探っているうちに、いっそのこと、素肌の女性像からは思いきり遠い防備のかたそうな尼僧にして、大きなコルネットでその赤毛を隠すことにしたのだという。

お祖父さまによれば、ワギナを駆使することにかけては天才的で、敵味方――そのとき独逸は敵国でしたが、倫敦には間諜として多くの独逸人がうごめいていました――を問わずありとあらゆる男にからだをあずけ、そのことごとくを骨抜きにしてしまうほどのその道の達人だという。その赤毛のキャサリンに誘われて、聖ジェームズ公園近くの小さな隠れ家のようなホテルにいったことがあります。独逸帝国に宣戦布告したことで同盟国日本に対する見方はある程度まで改善されていましたが、それでもいったん裸になれば支那人と呼ばれることも稀ではなく、肩身の狭い思いをしたものですが、そのホテルでは扱いがしごく丁寧で、お待ちしておりましたというボーイに狭くて薄暗い廊下をぐるぐると回りながら案内されてたどりついた二階のお部屋はびっくりするほど広くて明るく、高いアルコーヴつきのベッドが二つ並んでおかれている。

そこでぽつねんと待っていると、目に見えて動作が鈍いふたりの将校をつれたキャサリンが入ってきて、わたくしのことを「蝶々夫人」と紹介する。こちらの手をとって儀式的に唇をそえるその二人は、軍服の生地の上質さと略章の多さからかなり高位の軍人だと理解できました。将軍と呼ばれるその一人は立派な口髭——白いものが多くまじっていました——をたくわえ、強いオーデコロンの薫りにもかかわらず、湿ったほこりのような匂いを漂わせている。いま一人は鼻眼鏡をかけた短めの白髪で、およそ好色さからは遠い生真面目な表情をうかべていましたが、そういう人ほどいざというときに思いのほか乱れるものだということを、わたくしは理解し始めていました。

なぜ自分がそこに呼ばれたのかを理解したわたくしは、足を組んで肘掛けのソファーに腰をおろして長い煙草に悠々と火をつけようとしていた二人の前で、キャサリンにうながされるまでもなく着ているものを脱いで行き——当時の衣裳は、とりわけ下着がいまよりずっと複雑なつくりになっていました——すっかり素肌となるが早いか、鼻眼鏡のズボンの前ボタンをはずしにかかりました。「おお、蝶々夫人」と応じながらゆっくりとした仕草で腰の拳銃をベッド脇の棚にのせ、入念に軍服を脱ぎ始める。裸になったその男の陰茎は薄い白毛におおわれて力なくだらりと垂れたままで、それを口に含んでも、すぐにいきり立つとはとても思えません。わたくしが難儀しながら相手を奮いたたせようとしていると、そのありさまを嬉しそうに眺めていたキャサリンもやおら着ているものを脱ぎ始め、髭の男にからだをからめるようにしてベッドの上にしなだれかかる。わたくしも相手をベッドに誘い、充分には硬くなっていないものを「熟れたまんこ」とはまだ呼びがたいからだの芯へと誘導し、膣を思いきり痙攣させながら、悦楽の高まりが気配として察知できるまですべてのことをやってのけました。となりでも、静かにうねりの高まりをたがいに引きよせている様子で、こうしてわたくしは、初老の男たちに何をしてやれば喜んで貰えるのかを学んでいったのです。それは倫敦にしてはめずらしく晴れた初夏の午後で、日の暮れる前にわたくしたちの勤めは終わりになり、二人の将校はゆっくりと時間をかけて軍服を着直し、しかるべき金額をベッドの脇にそっと置いて帰ってゆきました。

こうして、わたくしは初めて売春行為に手を染めることになったのですが、なぜかキャサリンといれば安心だと思えました。二人の将校が残していった磅《ポンド》紙幣を数えながら、彼女はその五分の一ほどをわたくしに手渡すので、はじめはそれがわたくしの「相場」かと思っていましたが、そうでないことはのちに分かりました。キャサリンのからだがあいていないときは、ひとりで二人のお相手をすることもありましたが、そんなとき、いつもの女の不在がことのほか奮いたたせたようで、年配の男には無理かと思われていた姿勢までとらされ、二人を同時に受けいれたりしたので、頭がくらくらする思いでそれに耐えながら、からだの芯が「熟れたまんこ」へと変貌してゆくのを感じとっておりました。そのとき受け取った金額の五分の一を手元におき、後日残りをキャサリンに渡すと、彼女は黙ってそれを受け取る。そんなことが月に何度かあったかと思いますが、秋もおしつまったある日のこと、いつものように二人をもてなしてから、受けとった磅《ポンド》紙幣を数え終えたキャサリンが、きょうはここに泊まっていこうといいだしました。いつもと違う翳りのようなものが彼女につきまとっているのが気がかりでもありましたが、部屋に豪勢な晩餐を取りよせ、高級な葡萄酒も二瓶ほど開けてうちとけあったところで、彼女はこの仕事をどう思うかとききました。あなたといると楽しくてなりませんと答えると、「蝶々夫人」、あなたは信頼できる方かしらとキャサリンが聞く。もちろんですともと無邪気に答えると、では、これからお話しすることは二人だけの秘密よといいながらこちらの両頬に接吻し、じっと瞳を眺めながら、あの口髭と鼻眼鏡はわたくしの仇にあたる男だという。生かしておくわけにはいかない敵なのです。

わたくしは吃驚しました。ついさっきまで鼻眼鏡の腕にからだを委ねてしつこい抱擁を受けとめ、ときに身をのけぞらせたりもしていたキャサリンが、その相手を殺そうとしていると知ったからです。あなたには分からないかもしれないが、それはわたくしたち愛蘭《アイルランド》人の悲願である。理由は、復讐だった。復活祭蜂起という独立運動の失敗によって軍法会議にかけられて死刑が宣告され、その数日後に銃殺された独立運動の闘士の一人が彼女と親しい男だったという。恋人とかそういう関係ではない。ただ、その男の死刑執行を承認したのがあの鼻眼鏡であり、その副官があの口髭なのだから、あの男たちをこのまま生かしておくわけにはいかない。ふたりと寝るときは、いつでも彼らを殺めうる体勢をとっていたというのである。もっとも、ここで闇雲にあの二人を殺してしまえば、わたくしのみならず多くの身に危険がおよび、大英帝国における組織の活動にも危険がおよびかねない。そのため、いつでも殺せるという状態を維持したまま関係を続け、そこでえた金銭を独逸経由で本国に送っているというのだ。独逸軍は嫌いです。英吉利軍と同じぐらいに大嫌いです。でも、虐げられた愛蘭を資金的に支援していたのは独逸だけだったので、あなたとふたりでここで稼いだ金額の大半は、独逸軍が提供する武器に姿を変えていたはずなのです。

　対独戦争とほぼ同時に英吉利で起きていた愛蘭の独立運動とその抑圧についてほとんど何も知らなかったので、わたくしはひどく驚き、また心を動かされました。目の前の赤い陰毛が間接的ながらも独立運動に加担していたことなど、想像もできなかったからです。キャサリンは、鼻眼鏡や口髭がおもむろに彼女を自分のものとしようとするとき、二人が拳銃をどこにおくのかをたえず注視しており、いざとなったらいつでもそれを相手に突きつける用意ができているという。そのため、大英帝国陸軍の拳銃の操作法まで修得したのだが、重要なのは、いつでも殺せるという立場の維持にある。それが維持されているかぎり、みずからの快楽を自粛する理由はこれっぽっちもない。相手が老境に近い男であれ、思いきりワギナを行使してみずからもぞっこん悦びを味わうことが、身分を隠し通すことにも、資金の援助にも有利となるからだ。拳銃の引き金を引くのは指示があったときにかぎられており、あなたを捲きこんだりはしないから、安心していて頂戴。そのように話すキャサリンは、蘇格蘭《スコットランド》ヤードの監視の目が厳しくなったので、近く馬来半島のサルタンを頼って英吉利をあとにすることにしたが、あなたのもとには鼻眼鏡や口髭から連絡もあるだろうから、その折りには彼らを思いきり骨抜きにしてやってほしい。かりに尋問されたりしても、そのことでえた金額の大半をわたくしに渡したなどといってはならない。あなたは、あくまで同盟国日本の「蝶々夫人」として、愛蘭などとはまったく無縁だといいはってください。わたくしの素行について悪口めいたことをいってもよい。ただ、ときたま、ベッドの上に赤毛の戦士がいたことも思いだしてほしい。

その晩、わたくしたちは、大きなアルコーヴつきのベッドで素肌をあわせながら、思いきり愛しあいました。それからわたくしは深い眠りに落ち、翌朝目をさますと、キャサリンの姿は見あたりませんでした。その後、彼女からの連絡は途絶え、あるとき、一人の将軍が、みずから拳銃の操作を誤り重傷を負って入院し、危篤状態に陥っているという報道に接しました。ちょうどそのころ、独逸軍と連合軍とが休戦したというニュースをお祖父さまのところで聞きましたが、自分の部屋に戻り、深夜に一人でココアを飲みながら、豊かな赤毛を大きな角張った白いコルネットで隠したキャサリンが見すえているものは戦争にほかならぬと理解したのです。休戦なんて見えすいた嘘のようなもの。あの尼僧姿のキャサリンがこちらを見ているかぎり、いつどこで戦争が起きてもおかしくない。二朗さん、おわかりになるかしら、いまのお話。

Ⅶ

しばらくは、言葉もなかった。あたりに迫りくる戦争の火急さもさることながら、あのココア缶の尼僧がまとう白いコルネットと僧院用の衣裳の裏に赤い陰毛のキャサリンがすけて見えるように思われ、さらに、その奥には、まだ幼さをとどめた伯爵夫人の「蝶々夫人」時代の裸像が、勝ち誇ったような視線をこちらに向けているような気がしてならなかったからだ。しかも、まだ目にしたこともない若き日の伯爵夫人の裸体は、音としては響かぬ声で、戦争、戦争とつぶやいている。実際、欧洲ではすでに戦乱が始まっており、「休戦なんて見えすいた嘘のようなもの」であることが立証されているし、亜細亜でも、より大がかりな戦さの起こりそうな気配がいたるところに漂っている。しかも、その戦争は、活動写真に描かれていた銃撃戦などとはくらべものにならない深刻さで人々から時間を奪い、世界の均衡をあやういものにしてゆく。

これで、お話はひとまずおしまいということにしておきましょう。いささか気づまりな沈黙を破るように、伯爵夫人がぽつりと口にする。さ、だいぶ時間もたってしまいましたが、これからお茶室にまいりましょう。それとも、正真正銘の「高等娼婦」だった女とつれだってそんなところにいきたくはないとおっしゃいますか。その言葉に、二朗はまたしても答えに窮する。この女の過去を責めようなどとしないばかりか、それは、むしろ、彼女にとって勲章のようなものだとさえ思う。ただ、二朗の目には、いまの自分より若かったはずの彼女が、まだ熟れてもいないそのからだを大胆に披露しながら大英帝国陸軍の将軍たちと互角に渡りあい、そうすることで、祖父の教育とは無縁に「熟れたまんこ」を自分のものにしていったという事情が、どうもしっくりこない。そもそも、赤毛のキャサリンとやらは、どうして経験も乏しい年下の異国の女に口をかけたりしたのだろう。伯爵夫人は、その高等娼婦の冒険譚を通して、何かを隠そうとしている。ことによると、肝心なことをいうまいとして、あえて和蘭陀製のココアの図案を話題にしているように思えてならない。

しかし、名高いココア缶の呪縛のようなものが二朗の判断力をしたたかに狂わせ、素肌の伯爵夫人が、まだうら若い娘として、赤いはずもないその陰毛を真っ赤に燃えあがらせながらこちらに目を向け、戦争へと誘っているかのような気がするのだ。いかなるときにもその素肌の肉体を想い描くことのなかった二朗は、伯爵夫人を欲情の対象とすることを自分に禁じていたはずでありながら、見かけは生娘と変わらない二十余年も昔のこの女が、年かさの将軍たちのぶよぶよな逸物を口に含んでいる姿を想像したりすると、何やら疼くものがこみ上げてくる。このおれは、まだ会ったこともない時代の、伯爵夫人と呼ばれることさえなかった「蝶々夫人」に、ぞっこん惚れてしまったことになるのだろうか。あるいは、それが伯爵夫人の思惑だったのかもしれない。

さて、どうなさいますか。そういいながら、伯爵夫人は改めて二朗の顔を覗きこむ。あなたが戦時下にしておられたという「高等娼婦」のお仕事には、どこか惹かれるものがあります。自分でも驚くほどのこだわりのなさでそう答えると、まあ、よかったといいながら、彼女はこちらの右肩に軽く手をそえ、左の頬に唇をよせる。これでよいのだと帯のあたりに手をそえ、抱擁するかのように女のからだを引きよせると、相手もまた、その動きに同調するかのようにその胸をこちらの腕にもたせかける。ああ、こうして伯爵夫人と和解することができたのだと、二朗は思わずほっとする。ところが、夫人の首筋から、これまで嗅いだことのない香水が改めてその匂いを高めるので、それを心地よく吸いこんでいると、何やら昂ぶるものが下半身を疼かせる。ことによると、このおれは、目の前の伯爵夫人を通して、「蝶々夫人」の幼いからだを自分のものにしようとしているのかもしれない。そう思う二朗は、ごく他愛もなく勃起し始める自分に驚く。あらまあといいながら気配を察して相手が指先を股間にあてがうと、それを機に、亀頭の先端から大量の液体が下着にほとばしる。

まあ、穢らわしい。たちまちにして態度を豹変させた伯爵夫人は、すばやく二朗から身を引き離す。半時もしないうちに二度もお洩らしなさるなんて、あなたはそんなにだらしがない方だったのですか。堪えてこそ、男は男にふさわしく年輪をかさねるものだというのがお祖父さま以来の家訓なのに、それでいいのですか。そんな家訓などまるっきり聞いたこともなかったが、間違いなく甲種合格の体格をしてらっしゃるからいっときますが、そんなことではとても戦争なんてできませんよと相手は語りつぐ。「殿方がお好きなスポーツ」にすぎない塹壕の銃撃戦で誰よりも早く鉄砲を撃ち始め、まっさきに敵の集中砲火を浴び、戦争の意味さえ理解せぬまま名誉の戦死をとげてしまってもよいのですか。それに、まさか、その穢らわしい猿股のまま、わたくしとつれだってお茶室にいらっしゃるおつもりではないでしょうね。

伯爵夫人の口から二度も洩れた「穢らわしい」という言葉に深く傷つけられた二朗は、こうした場合、「五秒とかからぬ決断」が勝負を決めると聞かされていただけに、受話器をさっとフックからはずし、いますぐ小春に人力車で下着をとどけさせますと勢いこんで自宅の番号をダイヤルしようとすると、お莫迦さん、目の前にちゃんと英語でも書いてあるじゃありませんか、これはホテルの内部専用の電話だって。外にかけるには、新聞の売店で支払いをすませてから、改めて交換手に番号を告げねばなりません。そういいながら奪いとった受話器をぶっきらぼうにフックにかけると、まずは穢らわしく汚してしまったおからだを清めておいでなさい。あなたにぴったりしの下着など、このホテルにはいくらも用意されているはず。わたくしが調達させますから、待っておいで遊ばせ。

そういうなり電話ボックスを出ていった伯爵夫人は、通りがかりのボーイにふたことみこと声をかけ、何やら尊大な身振りで指示を与えてから戻ってきて、抜かりなく処理してくれる専門の女のひとが来てくれますから、そのあとについていらっしゃい。売店で華字新聞を買い求めて読みふけるふりをしながら立っていれば、向こうからあなたに声をかけるはず。わたくしは榎戸——兄貴から、何度か聞いたことのある名前だ——を呼び出し、あらかじめ茶室に暖房と特殊な照明を入れさせときます。それから、小春さんに電話して、今夜はわたくしどもの食事は用意するなともいっておきましょう。

いわれた通りに華字新聞を買い求めてぼんやり立っていると、長い灰色の僧衣をまとった目の青い聖職者が大柄な白いコルネットをかぶった修道女を従えて近づいてくるので、思わずココアの呪いだと声をたてそうになる。ふたりは二朗の脇を思わせぶりにすり抜けて電話ボックスに入り、受話器を耳にあてがう。まだ妖しげな香水の匂いがたちこめているだろうその空間に身を置いた僧侶のまわりには、「青くせえ魔羅」だの、「熟れたまんこ」だの、「金玉潰し」だの、「真っ赤な陰毛」だの、伯爵夫人が蓮っ葉にいってのけた猥褻な言葉がなおこだましており、僧侶と修道女のふたりが何食わぬ顔でそれに聞き入って相鎚をうっているように思えてならず、そんな言葉を信じてはなりませんと思わずかけよろうとする。

そのとき、背後に、お部屋のご用意がととのいましたので、ご案内させていただきますという女の声が低く聞こえる。振り返ると、黒いフロックコートを細身に着こなし、白い蝶ネクタイで襟もとを飾ったすらりとした女が、宝塚かＳＫＤの男役のようにきれいに七三にわけた断髪姿でうやうやしく頭を垂れている。伯爵夫人がおれを託したのはこんな男装の麗人だったのかと訝しげに首を傾げていると、相手は彼の手から華字新聞をさっと取りあげ、それを器用に折りたたんで売店の棚にすべりこませ、その脇の見えてはいなかった細い通りへと誘いこむ。このホテル特有の照明のとどかぬ薄ぐらい角を身軽に曲がり、ときおり振り返りながら、ますます濃さをます翳りをおびた湿りけの中を、女は軽快な足どりで進んでゆく。

いくつか角をまがったところで、この前このホテルに身をおいたのは、まだ元気だった兄貴につきそわれてきた会員制の内輪の上映会で、活弁付きの『愚なる妻』という長い無声の活動写真を見たときだと思いあたる。上映会場の二階の演芸場まで、兄貴はわざと複雑な道筋をたどり、おれに心細い思いをさせて面白がっていたが、薄ぐらい廊下をぬけて角を曲がったところで目の前の扉を開けると、そこには眩しいシャンデリアに燦然と照らしだされたバルコニー席が拡がっていた。兄貴は、隣の弟を無視するように顔見知りの男女に晴れやかな挨拶を送ったりしている。通りすがりに兄貴のポケットに紙きれを滑りこませた中年の女性が、いま思うと伯爵夫人のような気もするが、確かなことはわからない。

やがて場内がゆっくりと暗くなり、この活動写真を監督したるは、かのエーリッヒ・フォン・シュートロハイム氏なりーと弁士が舞台脇で声を高めると、どっと拍手が起こる。思わずそれに和そうとする二朗の手をおしとどめ、最後まで見とどけて感心したならそうするもよかろうが、初めっからやたらに騒いだりするのは、高踏趣味を気どる軽薄きわまりない遊民どもだと耳もとでささやく。意味ありげにフォン・シュトロハイムなどと名乗っていたって、あの役者は聖林に巣くう欧洲系の詐欺師の代表格みたいな男で、いくら苗字にフォンをくっつけたって、貴族制度も知らない亜米利加の観客ぐらいは騙せても、本来は爵位などとはいっさい無縁のどこにでもいる平民でしかない。まあ、この役者が面白いのは、まぎれもない偽物が、いつの間にか本物以上に本物らしく見えてしまうという役柄にぴったりだからなのだが、活動写真なんて、所詮は本物より本物らしく見える偽物の魅力にほかなるまい。まさしくこの二十世紀にふさわしい、いかにもいかがわしい発明品というべきものだ。もっとも、それが正式に発明されたのは十九世紀末のことだがね。幼い二朗を初めて一人前のおとな扱いするかのように兄貴がそう語ってくれたのは、中学に入りたてで、活動写真狂いが始まるよりずっと前のことだった。

こちらでございますといいながら少女歌劇の男役が重そうな扉を開けると、それはバーをしつらえたサロンのような小さな空間で、ここにもシャンデリアが眩い光をなげかけている。濃い緑のビロード状の壁紙でくまなくおおわれた高い壁には大型の書籍を何冊もおさめた書棚が並び、中央に野獣派風の筆遣いで描かれたあまり感心できない裸婦像が三つかけられ、その下に、艶のある木目細工の大きな電気蓄音機が据えられている。その向かいのガラス越しには、殺風景な三つのシャワーのついた浴場が白いタイル張りで拡がっており、いっさい窓はない。四方の壁も厚そうだし、これが戦時下なら、さしずめ捕虜の拷問部屋としてうってつけだな。これという理由もないまま、二朗はそう確信する。

女はがちゃりと扉の鍵をかけると年齢不詳の笑顔を見せて振り返り、この更衣室にはバスタブがございません。どなたもさっとシャワーをお浴びになり、お着替えをすませて出てゆかれます。そのかわりにというわけでもございませんが、お着替えにしばらく時間をおかけになるお客様には、アルコール類やお煙草を提供させていただいております。いまだ未成年のお方と拝察いたしますが、グラスにシェリーでもほんのちょっぴりお注ぎいたしますから、葉巻でもお試しになりますか。それとも、そこの電蓄で、ニグロの女が歌うブルースのレコードでもお聴かせいたしましょうか。

何かにせかされるかのように、いや、いまは結構と応じると、では着ておられるものをお脱ぎ下さいと女は二朗の目を見るなり、拡げた両足を心持ちたがいちがいにずらせて折り曲げ、左手を腰のあたりにそえて胸を張り、銀幕の女優ばりになまめかしい視線を送ってよこす。このフロックコート姿の断髪の女は、何かの活動写真で、長くて細いパイプのさきに煙草をさし、いまにも口もとにもっていきそうな素振りをゆっくりと演じていはしなかったか。そう思ってあなたは煙草をすわれんのかいと尋ねると、多少はたしなませていただいておりますが、お客様の前ではひかえさせていただいておりますと鄭重に頭を下げる。あなたがそこのソファーに足でも組んで深々と座りこみ、すっくと背筋をのばして長いパイプをゆっくり口もとに持っていこうとするなら、素早くマッチを擦ってさしだす男の役でも演じてみたいもんだねというと、これはこれは、いかにも活動写真をお好みの殿方がおっしゃりそうなお言葉。とは申せ、お客様の気まぐれにいちいち付き合っていては、この仕事はつとまりません。さあ、早くお召し物をお脱ぎ下さいませ。

ここに更衣室はないのかと聞くと、棚におさめられた何ダースかの白いタオルやバスローブを示しながら、ここがその更衣室でございますから、何のお気兼ねもなくお召しのものをお脱ぎ下さいませと事務的に応える。このわたくしのほか、見ている者は誰もおりませんからというなり、女は片膝をついて二朗のベルトをゆるめかけるので、思わず腰を引き、背伸びするようにネクタイをはずそうとすると、お客様がお粗相して濡らされたのは猿股だと伺っておりますから、それをとっくりと拝見させていただかないことには調達にも時間がかかってしまいますと、男装の麗人は口をとんがらせる。でも、いま会ったばかりの見も知らぬ女性の前で猿股を脱ぐのは気後れがしてならんと口ごもると、わたくしどもが心がけておりますのは、何よりもまず有効な迅速性でございますから、ここにお越しいただいた以上はご協力願うしかありません。どうか、ご遠慮なく下半身をお曝し下さい。そういうなり、女はズボンのベルトを勢いよく引き抜き、裏側にさっと目をやってそれが新嘉坡製であることを確かめると、少女歌劇の男役さながらのこだわりのなさで前ボタンを小気味よくはずし、伯爵夫人よりもやわらかな両手の指先で股間部をまさぐりながら、濡れた猿股ごしに魔羅と睾丸の位置をさりげなく確かめ、ご無礼お許し下さいませねといきなり上目遣いになり、ズボンと猿股とを一息に引きおろす。二朗には覚悟を決める余裕すらなかった。

まあまあ、久方ぶりにずいぶんと若くてお綺麗なおちんちんを拝ませていただきましたことと歌うようにいいながら、女は猿股の汚れ具合を確かめ、またまたずいぶんと派手にご放出なさりましたこと。ワイシャツの裾まで濡れており、おズボンにも匂いが移りかねませんから、早速ドライクリーニングに出させていただきます。十五分もすればプレスしたものを持って戻ってまいりますので、ご心配にはおよびません。ただ、ワイシャツも調達するとなると、多少のお時間を頂戴させていただかねばなりませんといって部屋から出て行こうとする。扉を閉めぎわに、ひとまず鍵をかけさせていただきますが、それはお客様を信頼申し上げておらぬからではなく、ほかのどなたさまがついふらふらと迷い込んだりなさらぬようにという、わたくしどもなりの接客上の配慮とお考え下さい。

下半身を剝きだしにしたまま、ていよく拷問部屋に閉じこめられてしまった二朗は、ただため息をつくしかない。ゆっくりと着ているものを脱ぎ、真っ白いバスローブをまといながら、たまたま出会った伯爵夫人からは「青くせえ魔羅」と罵倒され、男装の麗人からは「若くてお綺麗なおちんちん」と歓待されたのだが、いったいどちらの言葉が自分の持ちものにふさわしいのかと訝りながら、おれのまわりには、それを魔羅だのおちんちんだの呼んだ女など一人としていなかったと思いあたる。物心ついてからというもの、母は二朗のその部分を手で触れることはなかったし、それを呼ぶにふさわしい単語を口にしたこともない。ただ小春だけが、何の気兼ねもなくおちんちんと呼び、それに触れる権利を思いきり行使していた。

毎朝、洗面器にぬるい湯をみたし、コップや歯ブラシや歯磨き粉や痰壺を歐洲産のサボンとともに盆にのせ、その上に拡げた朝刊をかけて寝室に入ってくると、ご免下さいませというなり毛布をさっとはらいのけ、仰向けに寝そべったままの二朗の浴衣の裾を拡げて越中ふんどし――夢精で下着をよごしてばかりいるので、母の指示で小春が毎晩持参してくることになっていた――の濡れ具合を仔細に点検するのだが、まあまあ、こんなに精をお漏らしになって、どんな夢をご覧になったのかはわかりませんが、今朝のご粗相は尋常なものではございません。いますぐ疎漏なく処理させていただきますから、どうか新聞でも拡げてこちらはご覧にならず、しばらくご辛抱なさってくださいましといいながらうずくまり、しぼったタオルで股間を入念に拭きながら、こうして間近から拝見するたびにつくづく思うのですが、二朗さまのおちんちんは、色あいといい、スマートな長さといい、先端のぶっきらぼうなふくらみ加減といい、あたりに匂いたつ香りといい、亡くなった大旦那さまのものとそっくり。ご容貌からしてお祖父さまの血を受けついでおられる二朗さまのものは、いかにも魔羅という言葉にふさわしい凜々しい気品をたたえておられるので、思わず見とれてしまいます。

でも、大旦那さまの容赦の無さは格別のものがございましたと小春は言葉をつぐ。二朗さまがお生まれになるよりずっと前のことで、私もまだ若こうございましたが、朝食のトーストにお気に入りの苦みのきいたマーマレードとピーナッツ・バターを添え、ころあいの熱さのお紅茶を入れた銀のポットと輪切りの檸檬をそえた真っ白な二つのティー・カップをお盆に載せて雨戸の閉まったままのお部屋にはいってまいりますと、添い寝をしておられる大奥さまはもうお目覚めだというのに、大旦那さまはすぐさま着ているものを脱げとおっしゃり、ここに来るのに襦袢などまとうには及ばぬと舌打ちされながら乱暴におし倒し、いつもご苦労だねえと背を向けたままつぶやかれる大奥さまのとなりにごろりと寝ころがされた私のからだの芯を、やおらお責めになります。ご立派なものが襞に分け入るなめらかな毅さといい、お腰のうねりの巧妙な容赦のなさといい、いつものことと心の用意はできておりましても、一分もしないうちにうめき始め、やがて目の前が真っ暗になり、腰が抜けて立てなくなるほど力が失せてしまいます。

ころあいを見はからって大奥さまがもう結構と声をかけられ、お浴衣のすそをととのえながらお駄賃を下さいますが、大旦那さまのものは何本もの血管を脈打たせたまま衰えようともしない。するとこんどは大奥さまが前をはだけ——お年をめされているのに、女でもむしゃぶりつきたくなるようなおいしそうな胸をしておられました——しっかりと腰の位置をきめてから、やや儀式的にお迎え入れなさるのですが、雨戸の節穴から洩れ入ってくる細い日ざしが二筋ほどお寝間のほこりを浮き立たせている薄暗さのなかで、ぷへーとお乱れになる大奥さまのいつもの狂態を尻目に、脱いだ着物をかかえて裸のままお寝間を退去いたしますと、廊下でお嬢さま——二朗さまのお母さまになる方ですよ——とばったり出くわしたりするので、うつむいたまますりぬけるしかありません。しかし、まだ十五歳かそこらのお嬢さまが浮かべておられる蔑みとも妬みともつかぬ憮然とした表情が気がかりで、あるとき、奥さまのお悦びのお声が筒抜けとなり、お年頃のあの方がうろたえておられますと申し上げると、なに、聞きたいものなら聞くがよかろう、見たいものなら見るもよかろう、人道に悖《もと》ったことをしているのではないのだから、わたくしの声で娘が何やら疼くものを下腹のあたりに受けとめてくれるなら、母親冥利につきるというものと、大奥さまは顔色ひとつ変えられない。母上も、さすがにそんな二人のお子さまだけあって、聞きたいものなら聞くがよかろうといわんばかりに、悦びのお声をお家中に響かせておられるのですから、つくづくお血筋は争えないものだと思わずにはおられません。

そんなお血筋を引いておられながら、お祖父さま直伝の立派なおちんちんに恵まれておられる二朗さまは、その本格的なご使用はまだお控えのご様子。法科の入学試験が終わるまで禁欲しておられるのなら、それはまことに賢明なことと存じます。お祖父さまさながらに女を組みしいてうめかせるのは、帝大の制服を召されてからとお決めなのでしょうと小春は一息にいう。ですぎたことをいうものではない。このおれが、いつ、どこで、どんな女と関係を持とうが、お前さんにとやかくいわれる筋合いはない。二朗は、不快げに抗弁する。その言葉に、小春ははいはいとうなずきながら濡れた越中ふんどしを見せびらかすようにひるがえし、ここまで派手にお粗相されたところを見ると、今朝方は、よもぎさまと交わる夢でもたっぷりとご覧遊ばしたのでしょうねと笑う。

莫迦いっちゃあいけない、このおれがあんな小便臭い小娘に他愛もなく欲情するとでも思ってるのかと語気を強め、それにあいつの胸は、とても女とは呼べないほど発達が遅れており、ほんのりとした紅色の雛あられの米粒みたいにちっぽけな乳首のほかは、何の手応えもないほどに薄っぺらで骨が浮いているぞというと、ほら、白状なさいましたね、ちゃんと伺っておりますからと目を細め、拡げておけといった新聞をさっととりはらい、几帳面に折り畳みながら、一部始終をすっかりお話しいただきましたよと小春は座り直し、鵠沼海岸のお屋敷のお納戸で、二朗さまがよもぎさまにどんな仕打ちをなさったのか、ご本人からしかと伺っておりますと横目で二朗をうかがう。いつもの二朗兄さまからは想像できないほどの粗暴さでズロースを引き裂かれると、そそり立つおちんちんを隠そうともせず馬乗りになり、胸からおなかへと唇をはわせ、あろうことか、だいじなところまで舌をのばそうとなさる。そこだけは堪忍してと懇願するあの方を組み伏せ、力ずくで操を奪おうとなさったのは、いったいどこのどなたなのですか。

いつになく真剣そうな小春の話を聞きながら、二朗は奇妙な酩酊感に襲われた。蓬子があんな碌でもない男と出し抜けに婚約したりするより前の二人は、まわりの者がそんな想像をしてもいっこうに不思議ではないほどうちとけあった仲だったからだ。しかし、わざわざそんな法螺話を手伝いの女にいってのける従妹の真意がにわかには測りかね、「尊いもの」を見せてやる機会を逸したことへの腹いせだろうかと勘ぐりもしたが、ことによると、何かをたくらんでいる小春なりの戦術ではなかろうかとさえ思う。でも、よもぎさまはいっておられましたよ、心の準備もないままお納戸でそんな目にあったら、こらえきれないほど痛いと結婚した姉から聞いているし、血が流れて畳を汚してしまうだろうから、それだけはどうか勘弁してほしい。そう思いつつ、薄暗がりの中でお相撲さんみたいに裸のとっ組み合いを続けているうちに、国技館で見た照國関みたいに朱色に染まったわたしの胸からお臍にかけての素肌をべろべろと舐められたり、むんずとおっぱいを握られる――握れるほどの胸ではないといったろうが――のは仕方がないとしても、二朗さまの尊いものだけはいまは受け入れまいと、いつもとは違う表情で唇に舌をさし入れようとなさる兄さまの顔に、前田山さながらの張り手をいくつも喰らわせてみたが、このちっぽけな手では、期待された効果もない。

そこまで聞いて、国技館には行ったことのない従妹に、前田山の張り手の凄まじさや、四股を踏むたびに紅潮してくる照國の真っ白い素肌のつやをじっくりと語って聞かせたのはたしかにこのおれだと思いあたる。非力な力士が強い相手に土をつけるには、かつての常陸嶋のように、足取りという離れ業を使うと思いのほかの効果を発揮するものだともいってやったはずだ。そのとき、こんどはあたくしも連れてってちょうだいなといわれていながら、その約束をまだはたしていなかったなと思いあたる。そら、思いあたることがおありでしょうがとしたりげに笑ってみせる小春は、もうこうなったら、離れ業で足を取るしかないと覚悟を決めたよもぎさまは、右の太股に両手をまわして思いきり引っ張ろうとなさると、そのお手々がおちんちんをこすりあげ、玉々をめりこませるほどしめあげてしまい、これで相手を倒せるかも知れぬと思いきり腕に力をこめると、二朗兄さまはいきなりぷへーとうめくなり、まるだしのおちんちんから大量の白濁した液体を畳にほとばしらせてしまわれたとのこと。ほかならぬよもぎさまのお手々がもたらした玉々のお痛み、かわいらしいお指による意表をついたおちんちんへの離れ業、これが格別のご記憶でないなどとはいわせませぬ。

あいつには、そんなまねはいっさいさせておらぬ。いえいえ、あの方がおっしゃるには、とたんに二朗さまは腰を引き、ひたいに冷や汗を滲ませ、だらしなくへたりこんでしまわれた。自分よりも強いはずのお従兄さまがおちんちんを手で隠し、のたりと横たわっているのを見るのは初めてで、足取りでお相撲には勝ったもののどうすればよいのか途方に暮れていると、やや離れた茶の間の柱時計が四時を打つのが聞こえ、もう二時間もここにいるのかと意識すると同時に、二朗兄さまの指の間から見る影もなくしぼんでしまったおちんちんが目に入り、その変貌ぶりが何とも哀れに思えてならず、さっとうずくまってそっと口にほおばってさしあげると、みるみる元どおりになったのでほっとなさったとか。まさか、その時の感覚をお忘れではありますまい。

出まかせもいい加減にしろ。あいつにおれのMをしゃぶらせたことなど一度としてないし、そんなことを夢想したことすらない。おれのその部分に触ったことがあるのは、小学生だったころの遠足の翌日、腹を痛めておふくろの言いつけで浣腸してくれたお前さんをのぞいて誰もいない。だというのに、あんな小娘の口から洩れた出鱈目を本気で信じているのかと声を荒だてると、殿方はいつだって嘘だ、嘘だとおっしゃる。でも、よもぎさまは驚いておられましたよ、あれはあんな風にいきなりぴゅっと出るものなのかしらって。左様でございます、あれはあんな風にいきなりぴゅっと出るものでございますと申し上げると、やっと安堵の表情を浮かべられながら、二朗兄さまの尊いものはちょっぴり海の味がいたしました。殿方のものは、どれもこれもあんな味がするものかしらってお聞きになる。おいおいほかの殿方のものもお試しの機会がありましょうからといって、引き裂かれた花柄のズロースを処分しようといたしますと、よもぎさまはそれをさっと奪いとり、いざというときの証拠として大切に保管しときますからと丁寧にたたみ、懐紙でくるんでおられましたから、ご用心遊ばせ。

そういわれると、確かに、従妹の細い臀部をおおっていた花柄のズロースには見覚えがあった。とはいえ、それは一色海岸でのことで、鵠沼ではなかったなどといえば小春がつけあがるばかりだから黙っていたが、柱時計のうつ四時の響きにも聞き覚えがあったし、二朗兄さまの「尊いもの」という言葉も、あいつの口から洩れるのを確かに耳にしたことがあると思い始めると、まあまあ、浣腸のことを憶えていて下さって嬉しゅうございます。では、また浣腸をしてさしあげましょうというなり、小春は尻の下に手をさしのべ、冷たい指先を音もなく肛門にすべりこませる。何をするのだと二朗が身を起こそうとすると、太股を押さえつけるようにして動きをとめ、冷えた指もそのうち温かくなってまいりましょうと口にしながら指先をぬるりと奥へとさし入れ、こう見えても、私はお母さまからお許しを頂戴しておりますと開きなおる。十五歳から遊郭がよいの癖がつき、悪い病気までうつされた長男も考えものだが、その方面での次男の晩熟ぶりはどうも気になってならない。だから、いっとき、生娘の文江さんを添い寝させてみてはどうかということになり、わたくしもせいぜい説得し、よかろうというところまで漕ぎつけていたのですが、あのひとはいきなり彦根の呉服屋の後妻におさまり、おいとましてしまいました。かくなる上は、お前さんの唇でも、手でも、指でも、ことと次第によってはおまんこでも使うがよかろうとお母さまがいっておられました。

おふくろがそんな許可を与えるはずがない。そもそも、「おまんこ」などという言葉を口にしたとは思えない。おれは、その程度まではおふくろを信頼している。にもかかわらず、かりにお前さんにしかるべき許可を与えたとするなら、それはお前さんのためにする告げ口にそそのかされてのことだろうから、女ふたりのそんな談合そのものを、おれは断固として糾弾する。

まあ、糾弾ですって、頑固な二朗さま。それならこれも糾弾されますかといいながら胸もとにかがみこみ、彼の顔を上目遣いで見あげながら、どうか目をつむってよもぎさまと思ってくださいませといいながら右の乳首のまわりに唇を動かし始め、やがて左の乳首まで舐めつくしながら尻の指も微妙に動かし、ほうらご覧遊ばせ、もう血管が浮きでてまいりましたよと勝ち誇ったようにいう。あそこを舐められるのも悪くはないぞといっていた濱尾の言葉を思い出し、それは何ごとかを目覚めさせるものだと合点はいったが、ここで小春に勝利させてはならぬと何かが告げているような気がして、目をつむってその唇の動きを意志の力で無視しつくそうとする。安易さを避け、困難を選ぶことこそ男にふさわしいものだと理由もなく確信しながら。

小春の唇による攻撃は際限なく続き、ぬめるような指の動きもとどまることをしらなかった。勃起しきった魔羅は、いつ精を洩らしてもおかしくない。だが、二朗は、雛あられの米粒みたいにちっぽけな蓬子の乳首こそが自分にふさわしいものだと確信するかのように思いを目の前から遠ざけ、それに耐えようとする。ややあって、糾弾というお言葉の意味がようやくにして理解できました。二朗さまは、お祖父さまのように難攻不落でございましたと小春は嘆息する。やっぱりルイーズ・ブルックス風のお髪を振り乱すよもぎさまでないと、心もからだも開かれませんのね。お母さまにご報告申しあげます、この小春は匙をなげました、と。

Ⅷ

がちゃりとまわる鍵の音でわれにかえると、真新しいワイシャツやプレスされたスーツをかかえたフロックコート姿の女が、勢いよくラインダンスでも踊り出しそうな姿で立っている。さっきまではいていたズボンのかわりに、艶のある肌色の靴下を太股にガーターでとめ、エナメルのハイヒールまで履いているので背も高く見え、アイシャドウで目の輝きをきわだたせ、さっぱりとしたボブカットの髪に手をあてながら、こちらの方がお気に召しますかしらと笑いかけている。ああ、ルイーズ・ブルックスはご贔屓の女優だし、許嫁もあなたそっくりの髪型をしているからといってとりつくろうが、婚約者であるはずもない蓬子が豊かに成熟したダンサーに仮装して目の前にいるような錯覚に襲われ、このとっさの嘘には今後もつきまとわれそうな予感がして心が乱れる。ああ、お許嫁さまもこんな髪型をしておいでですかという言葉を肯定も否定もせずにやりすごすと、もちろん、あれもこれもれっきとした鬘でございますと女は得意げにいう。

この更衣室は、変装を好まれたり変装を余儀なくされたりする方々のお役に立つことを主眼としておりますから、私もしばしば衣裳や髪型を変えさせていただきます。お客様のように入ってこられたままのお姿で出て行かれるのは、むしろ稀なケースだと申せます。例えば、つい先ほどは異人さんがお二人お見えになり、ものの五分とかけずに立派な耶蘇教の坊さまと尼さんに変身なさり、出てゆかれました。お二人とも男の方でしたが、修道女の場合はお召し物がおからだ全体を隠しておりますから、髭の剃りあとだけに留意なされば、どなただって変装可能でございます。ちなみに、お客様も耶蘇教の尼さんの格好などしてご覧になりますか。いえいえ、冗談でございます。大切な許嫁のお嬢さまがお待ちでしょうから、そんな変装はとてもお勧めできません。女はボブカットの鬘を得意げに揺さぶりながら笑う。

ここへは皆さま、いつものご自分とは異なる人格を演じようとなさって、変装のためにおいでなさいます。異人さんの二人組は間違いなく合衆国の諜報機関の関係でございましょうが、どこの国のどんな機関であれ、会員であるかぎりはここをご利用いただけます。その前には、日本橋のさる老舗の鰹節屋のご長男と次男の方がお見えになり、憲兵大尉と特高警察の幹部に変身され、内幸町の料亭へといそいでお出かけになりました。さすがに年輩のご隠居さまが心配になられてか、若い番頭の一人にあとをつけさしておられましたが、ここには、ありとあらゆる制服や私服が、それぞれの国のサイズごとにストックされております。もちろん、一見さんのお客様をお迎えすることはなく、国際的な上層部の厳重な審査に通った方々だけがご利用なさることができまして、お客様の場合ですと、おそらく正式の会員のご招待というかたちでここをお使いいただいておるのかと存じます。会員となられる資格審査にはあれこれ厳しい条件があると聞いておりますが、現場のわたくしどもにその仔細が知らされることはありません。

ときには、どう見ても皇族としか思えぬ無口な紳士が、海軍の軍服を凜々しく着こなしてお見えになります。本物の皇族かどうかは私どもの判断すべきことがらではありませんが、脱がれた靴下に織り込まれていた御紋章からそう想像するまででございます。もっとも、御紋章入りの下着など数えきれないほどご用意させていただいておりますから、どこのどなたが履かれていても驚くにはおよびません。その無口な軍服姿の方は、赤坂の有名な魚屋さんのご用聞きに変装され、法被姿に雪駄を引っかけて晴々とした顔で出て行かれると、御用掛――これだって、本物かどうかはわかりません――の者が準備した大ざっぱな地図を頼りにお得意さんのお宅を一軒一軒自転車でまわられ、勝手口から入って経木に書かれた品書きをお見せしてその日の注文をきいてまわる。どのお宅でも帰りがけに女中さんからコップ酒を振るまわれ、それを一息に飲みほされると、あー浸みる、浸みるねーえとおっしゃりながら、次のお宅へと急がれる。お付きの者がこれも変装して気づかれぬようにあとを追っているので、お姿を見失うことはありません。

ところが、鳥居坂の大きなお屋敷を出られたところで、そのご用聞きはやおら千鳥足となり、しばらく立ち止まっていたかと思うと、いきなりよろけて自転車ごと溝に倒れこんだまま鼾をかき始め、動こうともしない。さすがに変装したお付きの者もそれには困惑し、近くの交番からお巡りさんを呼んでくる。おい、どうした、そこの男、気分でも悪いのかという巡査の言葉に、ひょいと首を持ち上げ、お前さん、莫迦いっちゃあいけねえ、こちとら気分がいいから寝てるんじゃあねえか。それをわざわざおこしにかかるとはいってえ何ごとか、この無礼者奴が。

無礼者と罵倒されてさすがに巡査も引くには引けず、本官に反抗する気か、それなら署まできてもらうぞと語気を強める。そうかい、お前さんがしょっ引きたけりゃあしょっ引くもよかろう。こちとら、こう見えても赤坂の伊勢忠ってえ魚屋のご用聞きでえ。嘘だっていうんなら、お前さんとこの署とやらまで店の旦那を呼びだそうじゃあねえか。いいけえ、うちの旦那はいったん都々逸をうなりだしたらとまんないよ。それでもいいっていうんなら、呼び出そうじゃあねえか。そこへかけつけたもう一人の巡査が、真昼間からいちいち酔っぱらいをしょっ引いていたら余計に厄介だと顔をしかめ、ひとまずお前さんの店まで行って真偽を確かめようということになるのだが、酩酊したご用聞きにしつこく店まで案内しろとせがんでも、なに、てめえら赤坂の伊勢忠ってえ魚屋も知らねえのか、それでよくお巡りがつとまるもんだと、その場に座りこむなりまた鼾をかきはじめる。たまたま買い物帰りの顔見知りの女中さんが通りがかり、まあ、お前さんは伊勢忠のご用聞き、だいぶ前に帰ってったのに、まだこんなところでくだまいてるのかいとあきれ顔でいう。巡査はその女から魚屋のおよその住所を聞き出し、所轄が違うので厄介なことになるなと顔をしかめながら、酔っぱらいのご用聞きをうながしてぞろぞろと三河台から龍土町をへて、乃木坂経由で赤坂に向かう。

話半分と高を括って耳を傾けているうちに、二朗は葉巻というものが無性に吸いたくなる。一本いいかいというと、鼈甲のケースから見たこともない銘柄を取り出し、こちらの口に器用にはさませて長い炎の出るライターで点火すると、話がますます混乱するのは魚屋さんのお店についてからなんですと和製ルイーズ・ブルックスは微笑む。馴れない葉巻を深く吸い込んで噎せたりしないように心がけながら聞いていると、さすがにあの界隈では有名な魚屋だけあって、いまではめずらしいお魚や貝類を一杯に載せた大きなまな板のまわりでは何人かの職人さんが、夕方の配達にそなえて午後の仕事に精をだしている。その奥から、伊勢忠のご用聞きってえのはほかでもねえこの俺のことだが、なんか文句でもあっかと千鳥足で出てきた男が、お巡りさん、今日は早くにけえってきたんで、お天道様に誓っていうが、こちとらにゃあ何の落ち度もござんせんぞと挨拶したかと思うと、自転車を押してきたもう一人のご用聞きをふと見かけ、なんでえ、そこにもこの俺さまがいるじゃあねえか、これはいってえどういう風の吹きまわしかいと親しげに近寄り、その肩をぽんとたたく。すると、背丈といい、年格好といい、酒で赤らいだ顔色といい、法被の柄からまとい方まで瓜二つの男が、呂律のまわらない口調で、おお、おめえさん、達者でいてくれて何よりだといいながらたがいに肩をたたき合うなり、申しあわせたように店の前の地べたに座りこんで鼾をかき始める。

かけつけた所轄の警察官がつきそってきた巡査たちとなにやらひそひそ話をしてから、人垣をかきわけて——さすがに赤坂だけあって、いつの間にか野次馬が店の前に群がっていました——恰幅のいい女主人を奥から呼び出し、こいつら二人はいずれも伊勢忠のもんだと主張しておるが、いったいぜんたいどっちがお前さんとこの本物のご用聞きか。それとも、お前さんとこじゃ双生児のご用聞きを雇わねばならない特殊な事情でもあるのかと尋ねると、何いってやがんだい、なるほどこいつらは双子のようによく似ており、あたいにだって見わけがつかないが、どちらが偽物かをつきとめるのはてめえら警察の役目だろうがと啖呵を切り、呆気にとられた警察官には顔も向けずに、商売々々といいながら太ったからだを揺さぶって店の奥に姿を消してしまう。弱ったなとつぶやく所轄署の警官は、酩酊状態の二人のご用聞きにまあ立つんだと命じ、どちらがこの店の本物のご用聞きでどちらが偽物か、本官の前で潔く白状しろと語気をつよめる。すると、なに、おめえさん、たったいま白状しろとおっしゃいましたかねと、二人はほぼ同時におぼつかない足どりで立ちあがる。そうだ、白状しろといったのだと警官がくり返すと、てへー、そいつぁあっしらには無理な相談てもんよと異口同音に口にするなり、二人並んで歌舞伎さながらの見得を切ってみせたという。

本当ならここいらでぐーっと迎え酒でもくらいてえところだが、夕方の配達がひけえてるんでそうも行かねえ。こんなときは抹茶で酔いを醒ますにかぎるというなり、どちらがどちらだかお付きの者にもわからなくなってしまったご用聞きのひとりが、すっと背筋をのばして地面に正座すると、あらかじめ事態を把握していたらしい若い女が火鉢と鉄瓶をかかえ、もうひとりの女が大きな盆に茶器を乗せてその前にそっと置く。おお、兄弟、どうかあっしのお点前につきあってくんさい、警察官の兄さんもどうぞ。これで赤い毛氈でも敷きつめりゃあ雰囲気も抜群だが、この時節じゃあそんな贅沢もいってらんねえ。さ、どうぞと勧められ、警察官も馴れない仕草で地面に座りこみ、双子としか思えないご用聞きの前で颯爽と茶筅を操るもうひとりのご用聞きの所作をめずらしそうに眺めている。何しろ甘いもんが切れちまってるんで、くにから取りよせた熟し柿で我慢してくんせえというと、本官は勤務中はみだりな飲食を控えておりますと警官は答える。なに、てめえは俺さまのお点前にけちつけるってんか。警官は地面に正座したまま、お茶だけなら頂戴するといってきかない。まあ、それもよかろうとさしだされた茶碗を片手でがぶりとのみほすと、膝から下のズボンの汚れを払いもせずに起立し、熟し柿をめでている正座したままのご用聞きふたりに敬礼してその場を去る。これには、さすがにお付きの者も途方に暮れるしかなかったという。

なるほど、愉快な話ではあるが、あなたがそれを見ていたのではあるまい。そう二朗がいうと、あら、新聞やラヂオが報じないだけで、これはあの界隈では誰もが知っているとても有名なお話でございます。外国の特派員もさすがにご用聞きの一人がしかるべき身分のお方ではないかと勘づいた模様で、倫敦発の外電は、「酩酊王子、日本帝国の首都を震撼させる!」という大げさなニュースを流しておりましたし、「王子」とは似ても似つかぬ大きな眼鏡姿の風刺画を載せた絵入り週刊誌もあると聞いております。また、ブラザヴィル放送は、それを複数の言語で世界に報じておりましたから、知らないのは紀元二六〇〇年を祝ったばかりのわが国民だけかも知れません。あれは、英米の諜報機関を混乱におとしめるべく、誰かが高貴なお方を装って打った芝居だともいわれておりますが、ことの真相は私どもの理解を遥かに超えております。

しかし、客商売のホテルとして、利用者の身分をほかの客にあっさり明かしてしまってもよいものかねと尋ねると、まあ、お聞き及びではございませんでしたか。私どもは、ホテルとはいっさい無縁の組織に属しておりまして、ここにお見えのお客様には、ほかの方々の情報をいっさい隠しだてせずに提供させていただいておりますという。チャールズ・チャップリンさまもお見えになって、あくまで職業的な理由からだとことわられてから、三時間もかけて第三帝国総統に変身なさり、本物のヒトラーそっくりの写真を何枚も撮らせておられました。それが次回作の準備だということは決して秘密ではなく、この組織を利用なさる方なら、どなたもよくご存じのこと。こうした特殊な更衣室があるかないかで世界的な信用度も左右されますから、ホテルとしても、わたくしどもに一定の空間を提供することをむしろ誇りとしております。ここを設計された合衆国の名だたる建築家の方も、ご自分の設計とは異なる密室が組織の意向で内部に作られることを、よく承知しておられます。

だとすると、伯爵夫人もまた、その国際的な組織なるものの一員なのだろうか。そう思っていると、いつの間にかハイヒールを脱ぎ、ストッキングもはいてはいない和製ルイーズ・ブルックスがシャワーの湯加減を一つ一つ丁寧に調節しながら、さあ、思いきり汚してしまわれたおちんちんをきれいにお洗い清めて下さいませといいながら、真新しいサボンをさしのべる。ただ、一点、どうも腑に落ちないことがありますので改めてうかがいますが、汚された猿股をとくと点検させていただいた限り、お客様がお粗相なさったのはスーツをお召しのままだったとしか考えられません。だとすると、お許嫁さまが、どこでどのようにお客様のおちんちんにお触れになったのか、それがにわかには想像しかねます。もちろん、お客様の足元にかがみこまれ、ホテルの電話ボックスなり向かいの公園の薄暗がりなりでズボンから引っ張り出したものをぱくりと口に含まれたという光景なら想像できます。お客さまのご婚約者ですからまだ十五歳ほどのかよわき大和撫子が、ボブカットの髪を勇ましく揺さぶりながら、いずれは夫になるお方の洩らされるお汁を吸いつくすという絵柄は、崇高さの域に達しているとさえ申せましょう。いまでは風紀取締の警官がうろついておりますから公園では要心せねばなりませんが、それでも外灯からは遠い木蔭で何組かの男女がそんな振る舞いに及んでいることを、私もしっかりと目にしております。しかし、その場合、お嬢さまのお口がお汁をどっさり受けとめることになりますから、お客様の猿股が汚れる可能性は零に近い。そこで、お粗相なさったときの状況をわかりやすく、明快にご説明いただけますか。

まるでボブカットの女刑事に尋問されているようで二朗は妙に落ち着きを失ったが、ルイーズ・ブルックス風の髪の女はおれの本当の許嫁ではないなどとはいまさらいい出せず、ましてや、ほかの女と抱擁しているうちに自然に勃起して射精したなどといえば、この女刑事は存在すらしていない許嫁をこのおれが裏切ったとでも誤解しかねないので、二朗は素直に起こったことを整理しながら、確かにおれは女を抱いているときに射精したが、女の助けを借りたからではない。接吻さえしておらず、女と抱擁しあっているうちに、ふと洩らしてしまっただけだと告白する。では、許嫁のお嬢さまと抱きあっただけで、いつでもこれほど大量の精液を放出なさるのですか。いや、今日の場合は特別で、これほど大量の精液を吐きだしたことはこれまでになかった。しかも、魔羅に触られたり、睾丸を握られたりしたのは射精が終わってからのことだと伯爵夫人の指の硬さを思い出しながらいう。でも、それは理屈に合いません。殿方というものは、ふつうはおちんちんを握られたり、玉々に触られたりしてからお漏らしなさるものですからと女はあくまで律儀に問う。それはそうだが、実際に魔羅や睾丸を握られたのは射精以後のことで、それも、愛撫とは異なる叱責するような厳しい握り方だった。

では、立ち入ったことを伺いますが、許嫁のお嬢さまは、射精なさって以後のお客様の金玉を潰すように思いきり握られたのですか。もしそうだとすると、あなた様がとても危険な女性と婚約された可能性は否定できません。わたくしどもの世界には、金玉潰しのお龍という名の諜報機関の一員がおりまして、かつて満洲で、敵味方の見境もなく金玉を潰しまくった懲らしめの達人でございます。いまは本国に戻っておるようですが、その筋のものだけに支給されている特殊な香水で男たちを誘惑し、勃起、射精の直後に相手の金玉を握り潰してしまうというのがその特技だと聞いております。でも、まだ未成年とお見受けするお客さまの年齢からして、そんな女と婚約なさるはずもない。

ボブカットの女刑事が口にした特殊な香水という言葉に、二朗は、伯爵夫人の臙脂のショールから立ちのぼっていた未知の匂いを思い出さずにはいられない。しかし、ここで伯爵夫人の名を出せば事態は混乱するし、こちらに不利な情報ばかりを提供しかねないから、あくまで蓬子が許嫁だといい張るかのように、今日、あの女のドレスの襟元からは、これまで嗅いだことのない香水の匂いが立ちのぼっていたというと、相手はいきなり晴れやかな顔で背後の棚からキリール文字の印刷された青い小瓶を自慢そうにとり出し、細長い紙片に数滴をたらすとそれを二朗の鼻に近づける。南佛でシャネル9番の開発にかかわっていたさる露西亜人の兄弟が、ちょっとした手違いから調合してしまった特殊な媚薬めいた溶液で、ココ・シャネルの厳しい禁止命令にもかかわらず、しかるべき筋にはいまなお流通しているものだという。そう、確かにこの匂いだったというと、女刑事はしたりげな笑みを浮かべ、それを使用するのはきわめて危険な女にかぎられておりますから、どうかご注意下さいという。いずれにせよ、それを嗅がされて勃起なさったのだとすると、お客様は婚約者さまから金玉を潰されても不思議ではない状況に陥っておられたわけで、無傷だったのは不思議なほどです。でも、ご用心下さい。あなたさまは、何も知らずに、危険きわまりない女性と婚約されたのかもしれませんから。

危険な女か。それなら、ここを出たら、たちどころに婚約を解消するとあの女に宣言してやる。ところが、「あの女」といわれるものが誰のことかさっぱりわからなくなった二朗の魔羅は、何とも呆気なくそそり立ち、とてもおちんちんとは呼べない異形な表情を浮かべている。バスローブ越しに気配を察して、あらまあ、私としたことが、何とも面目ございません。事態を正確に把握しようとするあまり、ついあの媚薬をお客様の鼻に近づけてしまいました。こんどは私が「危険な女」となったわけですが、あれをお嗅ぎになってしまったら最後、お客様のおちんちんは文字通りの魔羅へと変貌するしかありません。これはこれはご無礼申しあげました。ほら、見てご覧遊ばせとやわらかそうな指がバスローブの裾を分けてそえられる二朗の逸物は、あからさまに勃起している。うっとりするほど見事に、地上から百二十度の角度でそそり立っておられます。さて、どういたしましょう。

方法は簡単だと女はいう。インカの土人たちが秘伝として伝える特殊なエキスを配合したサボンで入念に洗えば、百二十度の角度でそそり立っていようと、勃起はたちどころにおさまる。ただ、その場合、効果は七十二時間余も持続するので、許嫁の方が不審に思われないか気がかりでございます。それでもよいとおっしゃるならその特殊なサボンをお渡しします。あるいは、そのサボンでは洗わずにおき、ここで改めて射精してさっぱりされるというなら、お戻りになってお嬢様のドレスの香りを思いきりすったりなされなければ、今後に禍根を残すこともなかろうと思われます。さあ、どうされますか。

おれは、ここで出す。その上で、サボンで洗い清める。バスローブを脱ぎながら自分でも驚くほど唐突にそうつぶやいてしまったのは、蓬子の髪型とそっくりでありながら肉づきのよい和製ルイーズ・ブルックスをこの白いタイルの上で組み敷いて童貞と別れを告げることが、いまや避けがたい宿命のように思われたからだ。それが、蓬子のことを婚約者だといいはってきたことが導きだすごく当然の結末ではなかろうか。

なら、いいものをお目にかけますといって、ボブカットの髪を誇らしげに揺さぶりながら、書棚から裏革で綺麗に装幀された大型の書物を持ってくる。拡げてみると、それは兄貴の書斎に隠されていたのと同じ欧洲の裸婦のアルバムにほかならず、こんなものは見あきたとぞんざいに突き返す。まあ、お若いのに贅沢ですことと笑いながら、では、とっておきの邦人の卑猥な裸婦をお目にかけましょうといいながら、引き出しからハトロン紙の厚い封筒を取りだし、その中の一枚を自慢げに手渡す。見ると、両足を拡げて尻を誇らしげにこちらに向けたふくよかな女が、振り向きながら微笑んでいる。尻の穴のまわりの皺まで隠そうとしないその裸の女は、どう見ても伯爵夫人にちがいない。よりによって、どうしてここで伯爵夫人の尻を見なければならないのか。相手は承知の上でそうしているのか、それともこれは偶然でしかなく、「高等娼婦」でもあった伯爵夫人の裸婦像は、こうした場所にごく自然に流通しているのだろうか。

いや、これはなかなかのものだとつぶやきはするが、不意討ちの衝撃を隠し通せたかはどうもおぼつかない。どうやら、お気に召されたご様子。では、この女の声を録音した特別なレコードを電蓄でお聴かせしますから、そのなだらかな抑揚にあわせてごゆるりとご放出ください。すると、どこかで聞いたことのあるぷへーという低いうめきがゆっくりと高まり、粗悪な録音にもかかわらず、それが、夜ごとに兄貴と聞かされてきた母の嬌声であると気づくのに、さしたる時間はかからなかった。誰が録音したのか。父とは考えられない。だとするなら、伯爵夫人だろうか。まさか蓬子でもなかろうから、ことによると小春かもしれない。

伯爵夫人の裸像を見せられたうえに、母親のうめき声まで聞かされ、しかも髪型だけが蓬子を思わせる見も知らぬボブカットの女性の前で、おれは魔羅を百二十度に勃起させた裸姿で立っている。とても偶然とは思えないこうした事態の進展ぶりに、思わず深刻な表情を見せてしまっていたからだろうか、こんな女の声はほどほどに聞き流せばよく、とても真剣に耳を傾けるには値いしないものでございますといいながら手渡してくれた二枚目の写真は、いかにもふしだらに陰部をさらけだした正面からのポーズで、いまより十歳は若かったろう伯爵夫人が、挑むような視線をキャメラのレンズに向けている。画像の鮮明さがきわだたせるいくえにももつれた襞が渦としか見えない陰唇と、まわりにだらしなく繁茂する陰毛の思いもかけぬ乱雑さに思わず腰がひけ、もよおすものがない。ではこちらはと示された写真では、見たこともないほど長くて太い黒ん坊の魔羅をさりげなく受け入れた伯爵夫人が、顔をこちらに向けて平然と微笑んでいる。とり乱した二朗にできるのは、この写真は上海あたりから流れてきたものかと尋ねることでしかない。いえいえ、これは信頼のおける巴拉加《プラハ》のその筋の方からまわってきたもので、レコードもそれにそえられていたものと聞いております。

　まさか、母の嬌声が巴拉加で録音されるはずがないと混乱しながらも、手渡された残りの数枚を見るともなしにぱらぱらとめくっていると、瞳を閉じて唇を開き気味の伯爵夫人が、精根つきはてたといった風情で大きな羽根枕に横顔を埋めているクローズアップの一枚が目に入る。他方、レコードの母の声は、息たえだえにのぼりつめたかと思うと一瞬とだえ、やがてコロラチュラ・ソプラノのようにア行ともハ行ともつかぬ高音を、あたかも深い森の中で見たこともない小鳥がさえずるように長く長く引きのばしてゆく。そのとき、二朗は、卓越した芸術家のようにみずからの性を自在に演奏してみせる母の即興の才能に、憧憬に似た思いをいだく。おれはそんな理論はからっきし信じていないがと断ったうえで濱尾が教えてくれたことによると、さる維納《ウィーン》の猶太系医師によると、あらゆる男性は、古代希臘《ギリシャ》神話の王の一人のように、深層意識においては父親を殺し、母親を犯すものだというう。とするなら、この母への憧憬に似た思いにも、そんなあぶなっかしい深層意識の戯れがひそんでいるというのだろうか。そう訝っていると、不意に、兄貴と毎晩聞かされていた母の嬌声が、じつはあらかじめ録音されていたレコードではなかったのかと思いあたる。そういえば、あれはいつも同じように高まり、ゆっくりと引いていったものだ。では、なぜ、母親は毎晩レコードをかけて父と楽しんでいたのだろうか。あるいは、このレコードは、ルイーズ・ブルックスもどきがいうように、伯爵夫人その人の声を録音したものだったのかもしれない。

ひたすら混乱しかかった二朗に、そんなものより、こちらはどうかしらと渡された写真は、もう誰のものともわからぬ陰部のクローズアップで、指で拡げられた陰唇の奥には子宮に通じる穴が黒々ときわだち、その上には雛あられの米粒のような陰核がほんのりと光を放っており、一本ごと見わけられる陰毛が肛門のまわりにも密生している。この毛むじゃらの陰部が伯爵夫人のものなら、これは見なければよかったと正直に思いつつ、お前さん、男というものは、誰も彼もが女のあそこを見たがっているわけじゃあない。射精に必要なのは、あくまでもやわらかな肉の感触なんだというと、どうせそうくると思ってお りました。殿方は皆さんそうおっしゃります。けど、お客さまは、まさかこの場で私のおまんこを貸せなんて甘ったれたことをおっしゃりはしないでしょうね。これはやたらな男には使わせませんよ、と足の付け根のあたりを露骨に指さしながら女はいってのける。見ると、いつの間にか鬘を脱いだ禿げ頭でシャンデリアの煌めきを受けとめている女の手には、髭剃りの剃刀が妖しく光っている。

こう見えても、この私、魔羅切りのお仙と呼ばれ、多少は名の知られた女でござんす。このシャワールームの床のタイルを真っ赤に染めてやったことも二度、三度にはとどまりません。なに、ご心配には及びません。出血致死にはいたらぬ刃物の切りつけ方など充分に心得ております。ほとんどの殿方は、ほとばしる血を見てどなたも呆気なく気絶されますが、特殊な洗濯挟みのようなものでおさえてしばらく安静にしておけば、出血はとまります。ご覧のとおり、尼の修業をも経てきておりますので、殺傷だけはおのれに禁じておりますし、あのお定さまのように愛なんてものも介在してはおりませんから、思いあがった男どもをちょいと懲らしめる意味で先端部分をちょん切るだけで、聖路加病院へ直行する特別な救急車も準備されております。それでも一戦を交えたいとおっしゃるなら、そのご覚悟でどうぞと腰を引き、剃刀を右手にかかげて身がまえる。

面目ねえ、どうか堪忍してやって下せえと口にしながら白いタイルにぺたりと手をつき、腰を低めにおさえた姿勢で床の濡れ具合を確かめると、身がまえた坊主頭の女の足元はほどよく濡れており、低い姿勢で足払いをくらわせれば、難なく相手を倒せると判断する。おちんちんをぶったてたままの土下座たあ面白いじゃあねえか。どこか場末の二流芸者を思わせる口調でそういいながら勝利を確信した女が一歩踏み出そうとするとき、間髪を入れずに右足で女の左のふくらはぎを蹴り上げ、とっさに急所と頭とを凶器から遠ざけようと腹ばいになって見あげると、ぐりぐり坊主の女は無惨な格好で尻餅をつき、手にしていた剃刀がその衝撃でゆるやかに——まるで兄貴につれられて見た佛蘭西の前衛的な活動写真の高速度撮影のように——宙を舞い、壁を飾っていた真ん中の裸婦像の額縁にぴたりとつき刺さり、ぶるぶると震えている。凶器を持たぬ女は、すでに敵たる資格を放棄したも同然だ。事態がこれほど思い通りに推移するのは、たぶん夢の中だからに違いないと確信しながら、ゆっくりと剃刀を右手に握って振り返ると、坊主頭の女は、フロックコートの裾を両足にからげ、倒れたままの姿勢を崩さずにいる。

まず、お立ちいただきましょうか。夢の中にいる自分を目覚めさせまいとするかのように、二朗は思いきり緩慢な口調で宣言する。そして消えかかった葉巻をくわえて大きく吸い込むと、女もまた、間のびするほどの時間をかけてゆっくりと立ちあがる。動いてはなりませんといってから、ぞんざいに置かれていた鬘をかたわらのテーブルに探りあて、それをぽんと放り投げると女は思いもかけぬ身軽さで受けとめるので、どうかそれをおつけ下さいと丁寧ではあるが高圧的に命じると、相手は無言でそれを装着してから首を左右に揺さぶり、和製ルイーズ・ブルックスのイメージを完成させる。

では、これからいう通りにしていただきます。まず、着ているものを一枚ずつ丁寧にお脱ぎ下さい。抵抗なさった場合は、しかるべき行動をとらせていただく用意があることをご承知願います。思いのほか素直にうなずいた相手は、フロックコートの袖を両腕ぞいに滑らせて足元にはらりと落とし、チョッキ、蝶ネクタイ、シュミーズ、胸当ての順で身につけているものを遠ざけ、すらりとした上半身が素肌となったところで乳房を両手で隠そうとする。お隠しになるには及びませんというと、相手はやや時間をかけながら、衣服を着ている時には想像もできなかったほど弾力のありそうな乳房を視線に曝す。それで結構、こんどは下です。下もですか。もちろん。彼女はうなずきながら夢の中でのようなこだわりの無さでガーターを腰からはずすと、ごく自然にズロースに手をかける。それは、小春が蓬子のものだといいはったのとそっくりな花柄である。あの小娘がこの女ほどの肉づきになるには、これからどれほどの時間が必要なのかと問いかけながら、それには及びませぬといってのける。それはこの手で引きちぎってさしあげますから。

それだけは、ご容赦下さい、せめて自分で脱がせていただければと、衷心よりお願い申します。いや、脱ぐなといっておるのです。そういいながら、二朗は葉巻を思いきり吸いこみ、これが夢ならここらあたりで目覚めぬはずがないと確信し、ここにはいない蓬子にいいきかせるかのように、これは自業自得というものだとつぶやきながら、裸の和製ルイーズ・ブルックスの下腹の前に片膝をつき、そこはかとなく漂いでる未知の匂いを顔一面で受けとめながら、従妹のものとそっくりな花柄のズロースと臍から下のふくらみとの間に剃刀の刃をするりと滑りこませる。すると、いきなり頭がくらくらし、葉巻のせいだとつぶやくいとまもなく、二朗は前のめりに崩れ落ちる。見えているはずもない白っぽい空が奥行きもなく拡がっているのが、首筋越しに見えているような気がしながら。

IX

お目覚めくださいお目覚めくださいというオブラートで包んだようなつぶやきを耳元で受けとめながら目を醒ますと、ボブカットの前髪をたらした和製ルイーズ・ブルックスが心配そうに覗きこんでいる。さすがに伯爵夫人のようにシャンペンで眉間を濡らしたりはしなかったらしいこの女は、まるでそれがこの場にふさわしいことだといわんばかりに、胸も隠さず、下腹にも手をそえず、無防備なまでに真っ裸である。たしかにおれは何年か前に蓬子の裸身を目にしているが、成熟した女の素肌を間近から目にするのはこれが初めてだったので、そのあでやかさに思わず息を飲む。だがそれにしても、どうしてそれほど思いきった格好をしているのかと問うと、まあ、あなたさまが無理矢理そうせよと命じられたからではありませんかと女は不審そうな目を向ける。嘘だ、おれはそんなことをいった記憶はない。まあ、殿方はいつでも、嘘だ、嘘だといわれる。でも、ご覧下さいませ、あそこに、お客さまが剃刀で乱暴に千切られたズロースがお目に触れるはず。見ると、蓬

子のそれと寸分たがわぬ花柄のズロースが鋭利な刃物で切り裂かれてテーブルに投げださ
れている。まさか、このおれがあなたを犯したのではあるまいなと自分自身にいいきかせるようにつぶやくと、まあ、犯すなんて物騒な言葉はおつつしみくださいと裸のルイーズ・ブルックスはにんまりと笑う。私どもは、長い抱擁ののち、熱い接吻を交わし、身のとろけるような愛撫をしあったはてに、ひとつに結ばれたのでございます。まさか、ご記憶がないとはいわせませぬ。

二朗は、自分の魔羅がなお勃起しきっているのに気づき、そんなはずはないと抗弁する。まあ、あなたさまの若くてお綺麗なおちんちんは、私をいつになく昂ぶらせてくださいました。たしかに、私の中でおはてにはなりませんでしたが、久方ぶりに思いきりのぼりつめさせていただきました。あなたさまは、おそらく、あの匂い薬が充分ではなかったので射精の機会を逸せられたものと推察されます。そのご不満は充分に理解できますので、しっかりと責任をとらせていただきます。そういうなり、和製ルイーズ・ブルックスは、改めて香水をしっかりと染みこませたタオルを手にして、まるで不意討ちするかのような素早さで背後にまわると、肩越しにこちらの鼻をおおう。裸の背中で、いまの蓬子にはとうてい持ちえまい弾力をおびた乳房の震えをなまめかしく受けとめながら、間髪を入れず二朗は射精する。

おみごと、よくできました、女はそうつぶやきながら、インカ土人秘伝というエキス入りサボンを泡立て、まだ百二十度にそそり立ったままの「若くてお綺麗なおちんちん」のまわりにくまなくおし拡げ、そのまま入念にやわらかな手をそえ、しばらくしてそれが呆気なくだらりと垂れるのを見とどけてから、念には念を入れてとスポイト状のものを尿道にすばやく挿入してから、ちょっと浸みますがと断って紫色の液体を注入し、それを終えるとタオルで拭った両手の指先をそろえて鼠蹊部にあてがい何かを触診してから、これでよしと女はつぶやく。

手渡された真新しい猿股は、まるで昔からなじんでいたかのように穿き心地がよい。私の見たてに狂いはございません。裸のルイーズ・ブルックスは得意げにいいながら、伯爵夫人のそれよりやわらかな指で、下着のサイズを確かめるように股間をぽんぽんとたたいてみせる。いくぶんか下卑てはいるが、いかにも年期の入った女ならではの仕草だと思う。こちらは倫敦製でございますというワイシャツもまた、寸分の狂いもなく二朗のからだになじむ。こうしてみますと、お背広のサイズがちょっぴりずれていておからだにそぐわないように思えてなりません。そうさ、これは死んだ兄貴の形見だからというと、まあ、お兄さまはお亡くなりで、これはこれはご愁傷さまでございますという言葉にはいかにもそぐわぬまっさらな裸のからだを誇るように深々と頭を下げ、女はボブカットの鬘を思いきり揺り動かす。

この部屋の前でお待ちしている男が、お茶室までご案内申しあげます。どうか、危険そうな許嫁さまと抹茶をお楽しみ下さい。そういって重たい扉に手をそえると、くり返させていただきますが、お客さまのお若くてお綺麗なおちんちんは、向こう七十二時間はまったく使いものになりません。一時的ながら、インテリゲンチャどものいうインポテンツとやらに陥っておりますので、下腹の毛の茂みを片手で隠そうとしながらも隠しきれず、結局は真っ裸のまま笑ってみせる。今晩は早めにお休みくださいい。明け方にボブカットの女——ことによると、この私かも知れません——と一戦を交えるみだらな夢をたっぷりご覧遊ばしても、この真新しい猿股を汚される気遣いはございません。

廊下で待っていたのは黒い丸眼鏡をかけた冴えない小男だった。少女歌劇の男役みたいな女の手に委ねられたときにも心細く思いはしたが、こんなに風采のあがらぬ男でも、このホテルの一員としてしかるべき仕事を任されているのだろうか。それとも、男装の麗人のように、ホテルとは無縁の組織によってさし向けられたものだろうか。いずれにせよ、ルイーズ・ブルックスまがいに短い髪を揺さぶる裸の女の前で、最終的にはみずから不能を選択してしまったのだから、あの密室はやはり拷問部屋のようなところだったと苦笑しながら男のあとに従う。ところが、男装の麗人に案内されたときとはあたりの光景が微妙に異なっており、さほど狭い廊下でもないのに客とすれ違う気配もなく、このホテル特有のあの翳りをおびた湿りけもいつしか希薄となり、あたりにたちこめる異なる空気感に不審な思いをいだき始めると、いきなり一直線にのびる丸天井の広い道路のようなところにでくわすので、ここはいったい何階なのかと問うと、不審そうに振り返る小柄な丸眼鏡は、ご存じの通り地下でございますとしか答えない。

何が起ころうとしばらくは使いものになるまい陰茎を股間にぶらさげ、それをおおう新しい猿股——これも舶来のものだろう——の生地の感触を快く楽しみながら男のあとについてゆくと、地下道の地面はアスファルトで舗装され、いくつものタイヤのあとが残されているのが見てとれる。ときおり間近を通過する蒸気機関車めいた地響き——このホテルの界隈には地下鉄など通っていない——が厚そうな壁を通して肌に感じとれ、道路の両はしの細い溝にちょろちょろと流れる水が、わずかな照明をかろうじて反映している。ここに鼠でも走っていれば、つい先日見たばかりの聖林製ギャング活劇にそっくりな舞台装置だと思っていると、いきなり想像を超えた大きさの二匹の動物がじゃれあうように足元をかけぬけてゆき、鳴き声もたてずに彼方の小さな排水溝に姿を消す。むささびの仲間でございますと男はいう。おおかた、鬱蒼とした宮城《きゅうじょう》の森での生活に退屈し、夜遊びにでも出てきたのでございましょう。

いったい、こんな地下道が帝都の地底にいくつも敷設されているのだろうかと訝りながら、誰からも聞いたことのないこんな殺風景な装置の中を和服姿の伯爵夫人がたどっていたとはとても考えられず、歩を進めるごとに彼女から遠ざけられてゆくような気がしてならない。だが、二朗は、さっき見せられた伯爵夫人の卑猥な裸婦像のことや、母親のものとばかり思っていながら、ことによると伯爵夫人の声であるかもしれない嬌声のレコードや、和製ルイーズ・ブルックスとの夢であるに違いない抱擁の記憶を思考から追いやろうとしながらそれもはたせぬまま、黙って小柄な男の後についてゆくしかない。いったいどこまでゆくのかと問おうとすると、丸眼鏡はふと立ちどまり、手探りするようにざらざらとした壁に触れている。すると、それまでは気づかなかったコンクリート製の重そうな扉が音もなく向こう側に開き、中から明るい光が射してくる。地下道とはおよそ異なるしっかりとした造りの石段を数段のぼり、格子戸の向こうに桐の下駄が男女揃いで並べられている数寄屋造りの三和土が見えたところで、男は一礼して重そうな扉の向こう側に姿を消す。いつのまにか、ホテル独特の翳りをおびた湿りけがあたりに漂っているように感じられる。

これでこの奥に伯爵夫人がいなければ、おれはまた罠に落ち、別の拷問部屋に閉じこめられることになるぞと心もとなさにとらわれはしたが、遅くなりましたとさりげなさを装って唐紙をすべらせると、八畳の和室の黒い紫檀の書院風の机に向こうむきに座った羽織姿の伯爵夫人が、ずいぶんと時間がかかりましたことと振り返りもせずつっけんどんに声をかける。いろいろと予期せぬ事態が生じたのでといいかけると、これだけ待たされたんですから、できごとの詳細な叙述など期待しておりません。あなたは、あの男装の麗人を犯したのですか、それとも犯しそびれたのですか。それにお答えくだされればすむこと。で、どうなんざんすかと伯爵夫人は振り返る。

いや、あの男装の麗人がいきなり和製のルイーズ・ブルックスに化けて見せたので混乱が加速したのだといおうとしたが、どれほどそうしてみたいと夢想しようと、あなたにはあの女など犯せるはずもないし、また犯さなかったからこそかえって事態が紛糾し、それで着替えに手間取ってしまったことぐらいは、わたくしにも容易に想像できますと伯爵夫人は自信ありげに断定する。そういい終えると、いつまでもそんなところにぼんやりと立ってないで、お靴を下駄箱にしまってからこちらに来てお座りなさいなと、大きな紫色の座布団を潤んだ瞳で示す。履いてきた靴をそろえて下駄箱に注意深くしまおうとすると、そこにはすでに伯爵夫人の草履が揃えて置かれており、三和土には、男女の桐下駄だけが、あたかも客などひとりもいないかのように人目を惹くことになる。伯爵夫人から「犯せるはずもない」といわれたあの女の弾力のある胸の感触を背中で反芻しながら、にもかかわらず納得のいかない細部にみちたあの拷問部屋でのできごとを整理しきれぬまま、ここはどう見ても茶室とは思えませんがというと、こちらは水屋として設計されたお部屋ですから当たり前のこと。その唐紙を開けてご覧遊ばせ、躙《にじ》り口の向こうに炉を切った四畳半がちゃあんと存在しており、鉄瓶が湯気をたてておりますからと伯爵夫人は艶然と微笑む。その笑顔に何やら心なごむ思いがしたので、ここはいったいどこなのかと尋ねる。あれだけ地下道を歩かされたところを見ると、どうやらホテルの外に位置しているような気がしてならないというと、まさか、あのひとたら、この大切なお客さまを地下道からおつれしたのではないでしょうね。あそこは夜間に見なれぬ軍用自動車が猛烈なスピードで走りぬけたりして、朝になるとむささびや洗い熊の死骸がごろごろころがっていて清掃に手間がかかるとても危険な道路なんざんす。ホテルの狭い煉瓦造りの階段を降りたり登ったり、いくつもの角を曲がったりする複雑ながら雰囲気は抜群のいつもの径路をどうしてたどらなかったのか、文句をいってやりましょう。

伯爵夫人は電話ボックスのものとは異なる最新型の電話を取り上げ、おそらく榎戸とやらに違いない男に向かって事情の説明を求めている。何ですって、防火シャッターが降ろされたのですかとやや硬い表情で受け答えをしながら、わかりましたと受話器を置くといつもの笑顔に戻り、時節が時節だけに、ホテルにもいろいろな事情があるのでしょう。でもよかった、こうしてまたお会いできたんですものねといきなり二朗の手を親しげに握る。こんなふうに夫人の手に触れるのはこれが初めてだと意識しながら、あのルイーズ・ブルックスまがいの女の妙に柔らかな指より、この細くて骨張った感じがどうも自分にはふさわしそうだと納得しながらごく自然に握りかえすと、それを振り払うようにおしのけ、さ、お抹茶をいただきましょうというなり、伯爵夫人は机の下のベルを探りあて、尊大な身振りでボタンをおす。

五分もしないうちに、三和土に乾いた足音が響く。夫人にうながされて玄関に立つと、そこには、匂いのよいポマードで髪を几帳面に七三にわけ、軍帽を左脇にかかえ、凜々しく軍服を着こなした佩剣《はいけん》姿の海軍中佐がものもいわずに立っている。思わず直立不動の姿勢をとりそうになる二朗を制し、夫人は、まあ、ご苦労さまといいながら受けとった軍帽を鴨居の杖にそっとかける。編み上げの紐を丹念にほどいて靴を脱ぎ、八畳に足を踏み入れた海軍中佐は、その場に正座して深々と頭を下げ、がちゃりとサーベルをはずして床の間におくと、立て膝になって唐紙をあけて躙り口をくぐると、まるでおろしたてのようなズボンの両膝をきちんとそろえてお点前の器具を畳の上に並べて黙礼し、月明かりが小枝の影を落としている障子を背にした炉の前にふたりを目の動きで招きよせる。無言の海軍中佐は折った懐紙に石衣をのせてさしだしてから、確かな所作で茶筅を操り、たてられたお薄を二朗の目の前にさしだすので、いつか見た母の仕草を思い出しながらそれを何とか飲みほすと、伯爵夫人もまた馴れた手つきで茶をすすり、ひとわたり茶碗をめでてから、やはりお抹茶にまさるものはございませんと自分にいいきかせるようにぽつりと洩らす。その間、無言をつらぬく海軍中佐は、正座したまま深く頭を垂れる。

いつものとおり結構なお点前でした。またお願いしますねといいながら、ほら、お駄賃ですよとあらかじめ小さな封筒に入れておいたものを中佐に手渡す。これでお酒を買ったりしてはなりませんよ。すると、海軍中佐はいきなり相好を崩し、こちとらはコップの振る舞い酒しか飲んじゃあおりませんでと頭を掻き、すばやくサーベルを佩剣すると、几帳面に編み上げ靴をはき、深々とお辞儀をしながら三和土から遠ざかって行く。面白い人、あれは変装好きの魚屋さんのご用聞き。ここはどちらかというと厄介な場所なので、茶道の達人にはお声をかけにくく、お点前の所作だけは本格的なあの中佐殿が重宝がられておりますという伯爵夫人の言葉に、魚屋というのは例の伊勢忠ですねと思わず口走ってしまう。あら、どうしてそんなことご存じなの。さすがに和製ルイーズ・ブルックスから聞いたとはうち明けられぬので、中学に入るまで、体調を崩してよく寝込むことがあったが、母が伊勢忠から舌平目を取りよせ、骨をとりのぞくのは女中たちには無理だといって、消化もよければ栄養価も高いというムニエルをいつも自分で作ってくれていましたといって話をとりつくろうと、まあ、いいお母さまねと夫人はやや遠い目になる。

ああ、風が出てきました。そういいながら、茶室の障子に映る枝の揺れかたを目で追っていると、そこを開けてはなりませんと顔をしかめる伯爵夫人がいうには、その向こうには救急車やときには霊柩車まで走り込んでくる殺風景な車寄せがあるだけで、風に騒いでいる木々の枝やおぼろな月影は、蒲田時代の松竹の活動屋たちが精魂こめて作りあげた動く装置にすぎないとのことだ。ここは、お茶室と呼ばれてはいても、それ以外のさまざまな目的のためにホテルの開業より遥か以前から機能していた密室で、そこの唐紙をあければ真新しい蒲団も二組用意されておりますからお泊まりもできますと伯爵夫人は声を低め、さらに三和土の脇には浴室もあり、琺瑯製の大きなバスタブがしつらえられ、いつも温かそうな湯を青くたたえているという。なるほどと口にする二朗の肱を軽くつつきながら、いっそ二人でお湯でも浴びちゃいましょうかと夫人は笑いかける。

それは名案とでも軽く受けながしておけばよかったろうに、そんな余裕もなく思わず言葉をつまらせる二朗を見やりながら、冗談ですよとすぐにうち消しながら、あらまあ、この方は顔を赤らめてらっしゃる、なら、本気で誘惑しちゃいましょうかねといってのける伯爵夫人は、さっと浴室の灯りを消して八畳の日本間に戻り、机に両手をそえ、二朗さん、さっきホテルに入ったとき、気がつかれましたかとこちらの目を覗きこむので、何ですかと訊くと、百二十度のことですよと続けるので、魔羅をめぐる裸の和製ルイーズ・ブルックスとのやり取りまで見透かされていたのかと思わずたじろいだが、わたくしは回転扉の角度のお話をしているの、あそこにはいったいいくつ扉があったのか、お気づきになりましたか。

四つあるのが普通じゃあなかろうかという言葉に、二朗さん、まだまだお若いのね、あそこの回転扉に扉の板は三つしかありません。その違いに気づかないと、とてもホテルをお楽しみになることなどできませんことよと、伯爵夫人は艶然と微笑む。四つの扉があると、客の男女が滑りこむ空間は必然的に九十度と手狭なものとなり、扉もせわしげにぐるぐるとまわるばかり。ところが、北普魯西《プロシア》の依怙地な家具職人が前世紀末に発明したという三つ扉の回転扉の場合は、スーツケースを持った少女が大きな丸い帽子箱をかかえて入っても扉に触れぬだけの余裕があり、一度に一・三倍ほどの空気をとりこむかたちになるので、ぐるぐるではなく、ばふりばふりとのどかなまわり方をしてくれる。このいかにも鷹揚なまわり方をする百二十度の回転扉は、二十世紀に入ってから、几帳面すぎる九十度のものに代わって印度南部から緬甸《ビルマ》、泰国《タイ》から馬来半島あたりのホテルにも採用され、最近では佛領印度支那のホテルでもこれを設置する傾向が高まっている。ぐるぐるまわったりする回転扉は、客の出入りが激しいデパートなどには向いていていても、小犬をつれた貴婦人が長期逗留したりする高級ホテルにはふさわしくありません。

もっとも、最近になって、世の殿方たちの間では、百二十度の回転扉を通った方が、九十度のものをすり抜けるより男性としての機能が高まるといった迷信めいたものがささやかれていますが、愚かとしかいいようがありません。だって、百二十度でそそりたっていようが、九十度で佇立していようが、あんなもの、いったん女がからだの芯で受け入れてしまえば、どれもこれも同じですもの。わたくしども女にとって、殿方のあれが所詮は「あんなもの」でしかないことぐらい、女をご存じない二朗さんにもそろそろご理解いただけてもいいと本気で思っております。亡くなった伯爵の手引きで、墺洪《オーストリア＝ハンガリー》帝国時代から有名だったという長さ三十センチを超える陰茎の持ち主の初老の黒ん坊や、真珠やら珊瑚やらを先端に埋め込んで直径十センチもあるコサックの将軍――ほら、何とかいう帝政露西亜の元皇太子妃を陥落させたと噂される――とも時間をかけて試してみたことがあり、精巧な写真まで撮らせたのですが、「あんなもの」は長かろうが太かろうが、いったん出すべきものを出してしまえばあとはあえなく無条件降伏といった按配で、勝つのはいつだって「熟れたまんこ」の方。女からみれば、殿方は事後のあれほどみじめな喪失感によく耐えられるものだと、驚嘆するほかはないという意味のことを伯爵夫人はまくしたてる。「個人の秘めごとを自慢げに披露する趣味などぼくにはこれっぽっちもありません」

といいはなった二朗さんにとってみれば、愚かな女やもめの趣味の悪さとしか映らないでしょうが、これだけはいっときますと口にする伯爵夫人はすっかり真顔である。

思わず下卑た言葉ばかり使ってしまって、ご免遊ばせ。わざわざそんなことをいうためにホテルにお抹茶をいただきにきたのでもないのに、あなたがわたくしのからだを抱きながらあんなお粗相をしてしまわれたので、こちらになにか落ち度でもあったのかしらとすっかりとり乱し、いわずもがなのことばかり口走ってしまいました。忘れてくださいなどとは申しませんが、今日のわたくしはあなたのせいでどこかおかしくなっております。でも、あなたは、ほかの女の方と抱きあっておられるときも、あんなに派手にお漏らしになるのですか。いや、初めてです。あれほどの夢見心地で女の人を胸に抱き寄せたことはありませんからといいながら、夢精のことには触れずにおく。では、よもぎさんとも接吻なさったことはないとおっしゃるのねと伯爵夫人はこちらの目を覗きこむ。あれは接吻ではない、献身的な「看護」ですという蓬子の言葉を思い出しながら、これまでその機会はありませんでしたと曖昧に答えると、ああそれならよかったと夫人は瞳を伏せる。

でも、あなたの手は、ことのほか念入りにわたくしのからだに触れておられました。どこで、あんなに繊細にして大胆な技術を習得されたのか、これはこの道の達人だわと思わず感嘆せずにはいられませんでした。いや、母からは晩熟と思われているほど女の経験は乏しく、あの樹木のかたわらでは、聖林製の活動写真を見たまま演じていたにすぎませんというと、だから活動写真狂いはそろそろおやめ遊ばせと申しあげたでしょうと改めて怒ってみせる。でも、あのとき、わたくしは、まるで自分が真っ裸にされてしまったような気持ちになり、これではいけないとむなしく攻勢にでてしまったのだと伯爵夫人はいう。前にもいいましたように、そんな気分にさせたのは、これまで二人しかおりません。亡くなった伯爵と巴丁巴丁で初めてあったとき、まるで素肌のわたくしを見すかしているようなその視線に立ちすくみ、動くこともできませんでした。それからお祖父さま、初めてのときにシャンデリア近くまで持ちあげられたり、あの方にリードされて長い裾の夜会服でワルツを踊っただけで、ぐるりとターンするごとに着ているものを一枚ずつ脱がされ、ついには素肌であたりを舞っているような気がしたものです。それでいて、しばらくしてからお会いしても、顔さえ覚えていてくださらない。でも、どうやら三人目らしいあなたは、せめてわたくしの顔ぐらいは憶えていてくださるでしょうね。もちろんですともとその手を握ると、夫人は思いがけぬほど強く握り返す。

ねえ、二朗さん、不思議に思われたことはありませんか。倫敦いらい、数えきれないほどの女性を冷酷に組みしいてこられたお祖父さまは、あなたのお母さまとよもぎさんのお母さまという二人のお嬢さましかお残しにならなかった。どこかにいても不思議ではない隠し子のことなど誰も話題にしていないし、そんな人はどこにもいません。実際、誰でも組みしいてしまうお祖父さまに、お妾さんという存在ほどふさわしからぬものもありません。小春はわたくしのことをお祖父さまの私生児だとよもぎさんに思いこませたようですが、それなら、あっちにも私生児、こっちにも私生児がいておかしくないでしょう。ところが、そんなことはまったく話題となったことがない。では、なぜ、隠し子がいないのか。それは、あの方が、ふたりのお嬢様をもうけられて以後、女のからだの中では――たとえ奥様であろうと――絶対におはてにならなかったから。間違っても射精などなさらず、女を狂喜させることだけに生涯をかけてこられた。妊娠を避けるための器具も存在し始めておりましたが、そんなものはおれは装着せぬとおっしゃり、洩らすことの快感と生殖そのものをご自分に禁じておられた。

なぜ、そんな修行僧のような生活にご自分の後半生を賭けられたのか、その理由は存じません。亡くなったお兄様は、「近代」への絶望がそうさせたのだろうといっておられましたが、そんな難しい話はよくわからない。でも、あの方なら安心だといって、ご主人をお持ちの何人もの奥方が、国籍や年齢をとわず遠方からかけつけ、ご自分からからだを開き、あえいでおられました。それは、倫敦時代にいくどとなく組みしかれたわたくしがよく存じております。そんなとき、間違ってもお漏らしにならないお祖父さまのものは、とても「あんなもの」とは呼べない「尊いもの」に思えました。そんな気持ちにさせてくれたのは、お祖父さまをのぞくと、亡くなった伯爵しかおりません。でも、その方と、わたくしは一度も交情したことがありません。戦争で不能に陥っていたからです。にもかかわらず、どうしてこのわたくしが伯爵を愛することができたのか、これからお話しいたしましょう。

X

気の遠くなるほど川幅が広く、向こう岸が霞んで見えないほどの褐色の流れに、寒々とした兵士たちを乗せた複数の舟艇が、隅田川のポンポン蒸気のようなエンジン音を鈍く響かせながら、味方が陣地を確保していると聞かされていた対岸をめざして、のろのろと針路を定めようとしている。いつものこととはいえ、厚い革の手袋をしていても指がかじかんでしまうほどの寒さが張りつめた早暁の作戦である。ところが、ものの五分もたたぬうちに敵方のサーチライトが水面に交錯したかと思うと、迫撃砲が炸裂して無数の水柱があがる。対岸からの友軍の援護などとうてい期待できそうになく、そのまま渡河作戦を続けるべきか否か誰もが判断しかねているうちに、砲弾の余波で乗っている黒い人影がばらばらと河面に転落し、浮きつ沈みつしながら下流に向けて流されてゆく。

かろうじて船尾にしがみついて転落をまぬがれた森戸少尉があたりを見まわすと、惚けたような顔の五人の兵士が、舟の底でぶるぶると震えている。こいつらは何の力にもなるまいとみずから発動機が起動するかどうかを確かめ、それが不可能だと断じると、縁にしがみついていた水中の三人を腰に力を入れて助け上げる。礼をいうでもない濡れそぼった男たちにはすぐさま靴を脱げ、足を暖めるのだと命じ、それを助けようともしない兵士たちを叱責しながらかなたに目をやると、なお迫撃砲が炸裂し、水柱があがっているさまが、まるで活動写真のような鮮明さで視界に浮かびあがり、対岸に近づく船影など見あたりはしない。ろくでもない男どもではあるが、渡河作戦が失敗に終わったからには、こいつらを無駄死にさせることだけは何としてでも避けねばならぬと少尉は心に決める。

ふと見ると、わずかな数の兵士の人影が見てとれる一艘の舟艇が、目の前をゆっくりと流されてゆく。少尉はひとりの兵士に縄を投げさせ、相手の船の兵士にそれを握らせてたぐり寄せ、揺れて足場の悪いゴム製の縁をまたいでそれに乗り移ると、すぐさま発動機の加減を確かめ、それが動きそうな気配を示すので機関士はいないかと大声で聞くが、まったく返事がない。どれもこれも使いものにならぬ男たちばかりだと嘆息しながら、とうてい勝ち目のない修羅場を遠ざかり、それまで乗っていた舟艇に拳銃を数発撃ち込んでこれを沈めてから、われわれは下流を目ざすと全員に声をかける。ドラム缶にあり合わせの木片をほうり込み、火をくべて濡れた兵士の足を暖めさせるが、誰ひとり口をきく者はいない。あたりは岩が切り立っており、とても接岸できるとは思えないが、二里ほど下流に浅瀬の中州があり、かつて橋頭堡を築く作戦に参加した記憶がある。そこがいまなお味方の支配下にあるかどうかは定かでないが、そこまで流れ着けば何とかなると判断し、兵士たちにしばらく伏せて頭を隠しておけと命じると、貴様らを無事に基地まで送りとどけてやるから、俺の命令には絶対に従えと宣言する。幾多の困難が待ち受けていようが、それは覚悟しておくがよい。

遥かに中州が見えてくると、その突端に明らかに敵と思われる人影が望遠鏡で見てとれる。そこを大きく避けてより橋頭堡に近いところに接岸すれば、勝機はあると森戸少尉は判断する。すると、それまで裸足で足を暖めていた大柄な兵士が、乾き始めた靴下とまだ濡れたままの靴とをすばやく履きながら、ここは自分にお任せ下さいと銃を構え、発射命令を待とうともせず、かなりの距離から歩哨と思われる敵軍の人影を一発で撃ち倒す。こいつは狙撃兵として途方もない手腕の持ち主だと感嘆していると、さらに、二人、三人と狙撃して見せ、あの連中は、馬に乗っていないかぎり、とうていわが軍の敵ではありませんと冷静にいいはなつ。思わず狙撃兵の名前を聞くと、高麗上等兵でありますと答える。改めて視線を向けると、眼光が鋭く、目鼻立ちも妙に整っている。

三発の銃声にもかかわらず、それはかなりの距離からのもので、しかも早朝のことでもあり、中州に慌ただしい人影の動きは見られず、どれほどの人数が守備しているのかは不明だが、こちらの接近に気づいている気配はない。少尉は思い切りよくサーベルを引き抜き、腰に拳銃を構え、全員をみわたしてから、戦闘開始と低くてよく通る声をかける。接岸した舟艇から上陸するときに二人ほど水中に転落したが、戦友がすばやく手をさしのべ救いあげると、誰もがこれまでとは異なる冷静さで隊伍を組み、二班に分かれて援護射撃をくり返しながら橋頭堡を目ざす。混乱した敵軍は隊伍を形成しえず、ちょっとした小競り合いはあったものの、高麗上等兵の無類の活躍もあり、おぼつかない足どりで橋頭堡を渡りきり、歩哨とおぼしき敵兵二人を捕虜にして手足を縛りその場に放置し、無事に陸地にたどりつく。負傷した者はおらず、これほどすべてがうまくはかどったのはこれが夢の中だからではないかとあやしみつつも、少尉はよくやったと全員を賞讃し、長い行軍になるぞと声をかける。前夜から寝ていない一行は憔悴しきっていたが、昼は木蔭で敵機を避け——林を抜けたところで、敵の複葉機の攻撃をうけた——、あとは夜通し歩き続け、険しい丘陵地帯を大きく迂回しながら、二日がかりで何とか部隊の基地にたどりつく。

あたりの兵士たちは、歓声を上げて帰還した仲間を迎える。だが、司令部の雰囲気はまったく違っていた。森戸少尉は敵前逃亡のかどで憲兵隊の監視下に置かれ、軍法会議も催されぬまま自殺を求められる。隊長もすでに自死を強要されていたと聞き、少尉は覚悟を決めるしかない。これが戦争というものかと溜息をつきながら、こうしたときには誰もが母親を思いだすものだと聞いていたが、脳裏をかすめるのは、新婚の妻のことばかりだ。連中は、あれに、俺のことを名誉の戦死とでも伝えるのだろうか。遺書を書くことをこばんだ森戸少尉は、営倉に収監されるときに拳銃だけが取りあげられなかったことの意味を理解し、みずからの胸に銃口をあてて引き金を引く。一瞬、見えているはずもない白っぽい空が奥行きもなく拡がっているのが首筋越しに見える気がしたが、そこで意識が薄れ、少尉はゆっくりと前のめりに倒れる。恩賜の煙草は、吸われぬまま放置されていたという。それを知った三日後、高麗上等兵は部隊から脱走する。

森戸少尉の自決は、たちどころに人々の知るところとなった。哈爾浜《ハルビン》にもそのニュースは伝わり、誰もが口々にその不当さをいいつのっている。しかも、作戦を立案した大佐だけは、ホテルでのうのうと豪華な暮らしをしているという。監視の目をかいくぐって地下に潜った高麗元上等兵は哈爾浜にとどまり、「危ない橋を渡っている」と噂されながら、伯爵夫人に向かって、濡れた靴を脱いで足を暖めさした少尉殿の的確な指示がなければ、いまごろは凍え死んでいたはずだと洩らしたという。だとするなら、あなたは、その時期に満洲におられて、高麗上等兵とやらからその言葉をじかに聞かれたのですかと二朗が問うと、そうですともと伯爵夫人は胸をそらせる。伯爵夫人が哈爾浜に滞在していたというのは初耳だったが、そのことを誇っているかのような彼女によれば、露西亜人の血を引いた朝鮮の出身者だという高麗という男は、朝鮮語や支那語はいうにおよばず、露西亜語まで理解したという。彫りの深い顔立ちで、その私服姿は、元日本兵とはとうてい思えぬ恰幅のよさにおさまっている。その狙撃の腕前からして、日本軍は途方もない逸材を失ったことになる。

地下組織を転々としながら巧みに人脈をつくりあげていった高麗は、誰が見ても愚かというほかはない作戦に捲きこまれながら、十二人もの部下を救った少尉殿の恩に報いるためにも、失敗をすべて現場のせいにして無傷に生きのびている大佐をぞっこん懲らしめねば、どうにも気がおさまらぬという。だが、軍部に接収され、憲兵どもが闊歩している哈爾浜の豪華ホテルに、どう侵入すべきか。それなら、わたくしに任せて下さいという伯爵夫人は、ある茶話会で、軍服姿の大佐が、当地の姑娘《クーニャン》どもにはほとほと飽きがきたと口にしているのを耳にして、倫敦の赤毛のキャサリンのことを思い出しながら、接近を計る。

軍部の独走を快く思っていないある筋の信頼できる方に相談したところ、にやりと笑い、相手の生命に別状なければそれも面白かろうという反応をえました。われわれの組織はあなたの行為を正当化することはなかろうが、その振るまいがあまりに突出したものでない限り、その後の哈爾浜滞在は保証するとのこと。

初めてホテルの三階に大佐を訪れたときには、次の間で丸裸にされて、目つきの険しい小柄な私服の男に、膣から肛門の中まで手荒に調べられたという。ときとして、姑娘どもは、尻の穴に阿片や危険な毒物を隠し持っているからだというが、日本人のわたくしがそんなことをしますかと問うと、あなたが本物の日本人かどうか、いったい誰が保証するのですかといいながら、相手は肛門の深くまで指を指し入れたという。すでに三十歳を超えていたわたくしは、そんなことでめげたりしません。いつでも相手を倒せるという状況が維持されているかぎり、みずからの快楽を自粛する理由などこれっぽっちもないというキャサリンの教えにふさわしく、相手の腕の中で「熟れたまんこ」を駆使し、折りを見て、金玉を握り潰してやるつもりでおりました。

大佐と聞いて、わたくしには蔑みの思いが萌していたと思う。ところが、私服姿で大きな机に向かい、筆に墨を含ませて何やら書きものをしていた大佐は、どこを見ても武器らしいものは持っていない。裸のわたくしを認めた彼は、目の動きで隣の部屋へ行けと指示する。しかも、ベッドの置かれた部屋で艶のある肌を露わにした大佐の逸物は、だらりと垂れていた倫敦の鼻眼鏡の将軍のものとはまったく違っていた。しかも、そそりたつものをみだりに挿入しようともせぬままくり返す愛撫や口づけの巧妙さからして、これは場数を踏んだ男に違いなく、射精とは異なる男女の悦楽にも長けていそうで、とうてい一筋縄では行かぬ相手だと覚悟をきめました。

わたくしのからだを小気味よくあしらいながら、足の小指と薬指のあいだまで舌と唇で念入りに接吻してまわり、「熟れたまんこ」にも胸の隆起にも触れようとはせず、こちらの呼吸の乱れを時間をかけて引きよせようとするところなど、久方ぶりに本物の男と交わっているという実感に胸がときめきました。ことによると、この男が好きになってしまうかもしれないというあやうい気分に誘われたところで、唇を求めるこちらのそぶりを無視してやおら背後にまわり、軽々と持ちあげたわたくしをぺたんとはいつくばらせ、からだを跨ぐ恰好で馬乗りになると、おもむろにいきり立つ魔羅を肛門に挿入する。直腸をどのように痙攣させるか、そんな技術など修得してはおらず、せいぜい尻のまわりの筋肉を引きしめることぐらいしかできなかったわたくしは、この鈍い痛みが快さに転化することだけは避けようと必死にこらえているうちに、快感もないのにあられもないうめき声をもらしてしまう。

そのうめき声が相手を刺激したものか、背中では魔羅の動きが加速する。つとめて正気を保とうとしながら、この姿勢では「熟れたまんこ」を駆使することもかなわず、やがて肛門の筋肉も弛緩しはじめ、出入りする魔羅に抵抗する術さえ見いだせないまま、ふと意識が遠ざかりそうになる。あとはただ、倫敦の小柄な日本人を相手にしたときのように、父ちゃん、堪忍して、堪忍してと、小娘のように声を高めてしまうことしかできない。ほう、「父ちゃん」ときたか。だが、「父ちゃん」は堪忍などしてやらぬぞと余裕をもって応じる脂ぎった大佐は、わたくしを軽々と持ちあげてごろりとあお向けにすると、魔羅は挿入せずに巧みな舌の動きで陰核を責めたてるので、からだをのけぞらしてうめきながら耐えるしかない。ほしいか、ほしければほしいというがよかろうといいながら、相手は焦らしにかかる。どうにでもなれと投げやりな思いにとらわれたわたくしは、乳を揉んで下さい、ちんぼを入れて下さいと懇願するしかない。揉むまいぞ、入れまいぞといいながら陰核をしゃぶりつくす大佐は、上目遣いで余裕のある薄ら笑いを浮かべる。その笑顔をふと美しいと思い、乳を揉んで下さい、ちんぼを入れて下さいとなかば本気で叫ぶしかない。

挿入は呆気ないものでした。その呆気なさに驚きながら膣を痙攣させると、うむ、といいながら相手はそれに耐え、動きをとめてしまう。突いてください、突いてくださいといううと、よかろうというなり、相手はおもむろに腰を使い始めるのだが、わたくしが膣を痙攣させると、ぴたりと動きをとめる。そのくり返しがどれほど続いたでしょうか。相手はいきなり胸にかがみこんで乳首に歯を軽くあて、これをもてあそび始める。その瞬間、まるで脳の仕組みがいきなり変化してしまったかのように疼くものが走りぬけ、乳を揉みしだかれながら声をもらすまいとして歯をかみしめているうちにあらゆる力が抜け、思いきり魔羅を動かす相手を無抵抗で受けいれ、深呼吸をするように息を吐き出したところで呼吸ができなくなる。ぱっと冷たいものが顔一面に吹きかけられ、息を吹き返しても、何もすることはできず、ついに白目を剝いて気を失ってしまいました。

どれほど時間がたったものか、窓から見える遠くの空が白み始めていましたが、「蝶々夫人はお目覚めかな」と、背広を着こなした大佐がわたくしを覗きこんでいる。どきりとしました。倫敦での行状を調べ上げていたかに見えるからです。そこで、「蝶々夫人」は潔く閣下の軍門に下りましたと深々と頭を垂れ、引き下がるしかなかったのですが、そのとき大佐はすでに書斎で書類に目を通している。前屈みになって服を残してきた次の間に戻ると、目つきの険しい小柄な男が、あの方はまずお漏らしにはなりませぬが、もしものためにといいながら、浣腸器のようなものに入れた緑色の液体で膣の中を洗浄しながら、これほど時間がかかったのは初めてですという。しかし、見知らぬ男に監視されて衣服を着ることほど屈辱的なことはなく、打ちひしがれて、もう二度と声がかかることはあるまいと思い、男から手渡された軍票をハンドバッグにおさめ、またしても売春に手をかしてしまったが、それは目的をとげるための手段でしかないと自分にいいきかせながら、ホテルをあとにしました。たかが大佐ごときに何ができると高を括っていた自分を恥じるしかなく、様子はどうだったとやんわり尋ねる高麗に対しても、前にいったことは忘れてほしいとまで口走ったほどです。あの男の金玉など、いつでも潰して見せますと豪語していながら、いざからだを交えてみると、難攻不落というほかはなかったからです。とてもつけいる隙は見いだせず、何度試みても、こちらが先に失神してしまうだろう。

大まかな話にしばらく耳を傾けていた高麗は、失神せずにいる確かな方法が一つあるという。それは、敏感すぎる陰核を外科的に切除して貰うことだ。白系露西亜人の医師が適宜処理してくれるはずだから、必要なら紹介しよう。陰核をとりのぞくと聞き、わたくしは全身がこごえそうな気がしました。それにともなうだろう痛みにもまして、お祖父さまに教育されてここまで来たわたくしの生涯を、そっくり否定されてしまうような気がしたからです。おそらく、顔面が蒼白になっていたのでしょう。しばらく黙っているわたくしに向かって、森戸少尉の仇をとるまでは、自分はあくまで日本のために働く。それが自分なりのせめてもの身の処し方である。だが、いったん大佐を懲らしめてしまえば、自分は自由の身になる。日本軍はいうにおよばず、もう誰のためにも働かない。その自由を、あなたが授けてくれるのですと高麗は静かに声を高める。

その言葉に説得されて覚悟を決め、彼につきそわれ、哈爾浜郊外の瀟洒な青白い木造住宅に白系露西亜人を訪ねました。初老の小柄な医師は、産婦人科の診察台で股を拡げたわたくしの秘部に屈み込み、ほう、これはみごとなものだと日本語でいうなり、どこか狐を思わせる短髪の老婆——彼の妻なのか、それとも看護婦なのか——を呼びよせ、何ごとかを露西亜語で話しあってから、その女に、ゴムの手袋をした指で局部を触診させる。人差し指を膣深くにさし入れ、親指をじわりと陰核にあてがうという念入りな仕草を医師は観察していたのですが、これが最後と思っていたわたくしは、途方もない嬌声をたててしまう。その声に驚いたのか、待合室で待っていた高麗も診察室に姿を見せる。彼の立会いのもと、こんどは、医師自身がピンセットでそっと陰核に触れる。わたくしは、手術台から転げ落ちそうになるほどからだで反応しました。それを見た医師は、高麗を呼びよせ、何やら露西亜語でひそひそと会話をかわしていたかと思うと、今日はこれでお終いだという。呆気にとられ、ことの成り行きが理解できませんでした。帰りの自動車の中での高麗によれば、これほど完璧なこの女の陰核を切除することは、それを創造した神に対して反逆する背徳行為だから、わしにはとうていできないと医師はいったのだという。

覚悟を決めての医師訪問だったので、頭を抱えてしまいました。それと同時に、陰核が救われたことにほっとして、かたわらの高麗とあいまみえたいという欲望にもとらわれましたが、彼はあくまで禁欲的で、かくなる上は、肛門を鍛えるほかはないという。直腸の部分に随意筋は存在しないので、尻の穴のまわりの筋肉を思いきり緊張させて、魔羅の侵入を防ぐことに力を入れようというなり、わたくしの下半身を裸にすると、「熟れたまんこ」など見向きもせず、わたくしのからだを膝にかかえこみ、肛門に指を三本さし入れ、これが痛むまで力んでみろという。それを、一本、二本と抜きながら、残った一本をひねり出すまで筋肉を緊張させる日課を三日ほど試みたところで、大佐から声がかかりました。

次の間で待っていた目つきの険しい小柄な男は、再び入念に肛門と膣の中を探りながら、お嬢様をお持ちでない大佐は、「父ちゃん、堪忍して」というあなたのもだえ声にえもいわれぬ感動を憶えられたというので、わたくしは処女のように真っ赤になってしまいました。おや、湿ってまいりましたぞといいながら、男がいっそう入念に膣孔を指先で触診しながら、さあ、続きはあちらのお部屋でとわたくしを送りだす。寝室では、片膝に乗せて愛撫していた裸の女を大佐は追いはらい、彼女が次の間に姿を消すのも待たず、この土地の姑娘ではよう立たぬのだというので、見るとその陰茎は、倫敦の将軍と同じようにだらりと垂れたままでした。三日前とのあまりの違いに驚きながらそれを口に含むと、強いオーデコロンの薫りにもかかわらず、湿ったほこりの匂いがしました。しかも、いきり立つ以前に口の中に精液がだらしなく氾濫する。前回とくらべてどうしてこれほどの違いが生じるのか、理解に苦しみました。次の間に移ると、お早かったですねと目つきの険しい小男が生真面目にいう。今度はお漏らしになりましたよというと、それはお口の中でしょうといい、コップにうがい薬を入れてくれる。それで口の中をゆすいで差しだされた金だらいにぱっとはくと、それでも念には念を入れてといいながら、緑色の液体を膣内に挿入しようとする。今日はその必要はないと拒もうとすると、ここでの反抗は許されませんと高飛車にいいながら、小男は無理な姿勢でからだを押さえつけ、あたかもわたくしを犯すかのような姿勢で目的を達する。何やら、険悪な気配が漂いましたが、別れぎわに、またお声をかけさせていただきますと小男は軍票を何枚か手渡しながら微笑む。

「熟れたまんこ」の出番さえなかったのですから、作戦会議は混乱をきわめました。高麗によると、前回の大佐は、唐代から伝わる秘薬でも飲んでいたに違いないとのこと。そこで、両面作戦をとることになり、まず、わたくしの肛門に親指を深く挿入し、それを自力でえぐり出す作業を何度かくり返し、指がぽんと抜けた感覚をえたとき、その肛門の筋肉の閉め方を憶えておけと高麗はいう。それから、白い紙につつんだ灰褐色の粉末を示し、これを陰核と膣孔にまぶしかけると半時もすれば効いてきて、二、三時間は局部が鈍感になるから、失神は免れるだろうという。ある漢方薬屋から教えられた秘薬だというが、それを知っていたらわざわざ白系露西亜人の医師のところなど行かなくてすんだはずだと、彼は鄭重に詫びる。だが、その効き目を試してみなければなるまい。

そういわれて、わたくしはしばらく彼の目を見つめていました。じゃあ、よろしくお願いしますわというと、自分でよいのかと高麗は目を伏せる。あなたと交わると、あえて断ちきろうとしている日本への執着が新たに生まれ、とても自由になれそうもないというので、かまうものですか、これは実験みたいなものですと答えると、相手は覚悟を決めた模様。じゃあ、ふりかけますといって秘薬とやらを秘部にまぶすと、三十分ほど、わたくしたちは裸のまま、無言で気まずく向かい合っていました。それからおもむろにからだをかさねあわせたのですが、まるで他人のもののような気がして、何をされても心が昂ぶらない。しばらく腰を使っていた高麗は舌打ちしながら魔羅を引き抜き、そうまで無反応だとあまりに不自然だから、多少は乱れねば相手に魂胆を見破られかねないという。そう聞いて、ぷへーとからだをくねらせてみますと、その調子というなり相手は改めて挿入し、力をこめる。嬌声をあげてみると、それでよしといいながら思いきり腰を使い、高麗はわたくしの中ではてました。洗浄器の用意までしていたところを見ると、彼にもその気があったのかもしれません。

ホテルの詳細な図面を手に入れていた高麗は、大佐の寝室の位置を確かめ、その窓は、安全のため、ほんのわずかしか開かない作りになっているが、向かって右手にある金属の細長い器具を上下にずらすと完全に開くから、その操作を忘れずにという。また、決行当日は、ホテルの現地人従業員に、三階の奥の部屋でぼやを出させることにしたという。そうすれば、消防車が出動できる。その一台を大佐の部屋の下に待機させ、三階の窓まで梯子をのばすことにする。あとは、いつ、あなたが決行するかです。そういわれて覚悟を決めたわたくしは、さらに何度か大佐のもとを訪れ、しかるべき快楽を味わい、失神することはなかった。そのつど「売春」の対価を受け取ったことはいうまでもありませんが、ときには大佐の部屋でひと晩を過ごすこともあり、そんなとき、さながら家庭的な愛情の温もりを後生大事に守りたてている夫婦のように振る舞いながら、次の間で待っている小柄な男から洗浄されることも忘れて、大佐の好きなジャムを一目で見抜き、念入りにトーストに塗ったりしたものです。

森戸少尉の四十九日もすぎ、誰もが話題にすることもなくなってから、ようやく決行の日取りが決まりました。また宿泊させることを考えたからでしょうか、夜の十時に来るようにと、小男から連絡が入ったのです。わたくしはさる筋の信頼できる方に事情を説明すると、高麗という男とはほどほどの関係を維持し、深入りはするなと注意をうけました。高麗は高麗で、午後から何喰わぬ顔でホテルのまわりを散策し、梯子つきの消防車が停車する位置を確かめ、戻ってくるとまぶしかける灰褐色の粉末の量について最後の確認を行ってから、九時半にホテルの手洗いでそれをふりかけ、十時に部屋に入って行くとすると、それが効いているのは遅くとも深夜から午前一時ぐらいまでだろうから、それ以前にすべきことをせよという。着ているものはその場に放置することになるから、豪奢なものは避けること。ただし、惨めったらしいものだけは着て行くなというなり、どこへともなく姿を消す。

支那服をまとったわたくしはいわれた時刻にホテルの手洗いに入り、水洗便所ですべきことをすませてから、便器に座ったまま、森戸少尉のことを考えました。近く戦場に出ることになるということで哈爾浜に息抜きに来ていた彼と出会ったのは、まったくの偶然でした。私服姿の彼が一人ぽつねんと佛蘭西料理を食べているのを見かけたとき、その孤立ぶりがいかにも冷ややかに他人を遠ざけていたので、思わず声をかけずにはいられませんでした。食後にバーで佛蘭西産の葡萄酒を飲み続ける彼は、わたくしの誘いをやんわりと断り、新婚の妻のことを考えながら今夜は一人で寝るのだと会釈して別れた。その彼が自死を迫られたというのは無念でならず、どうしてもその事実を受けいれることができない。ところが、自分は、いま彼に自死を迫った男とまぐわろうとしている。その金玉を首尾よく潰すことなどできるだろうか。

次の間に、目つきの険しい小柄な男は見あたらない。そこで支那服を着たまま書斎に入ってゆくと、めずらしく軍服姿の大佐が、ほう、それもなかなかお似合いだぞと歓迎する風情をみせ、勇気もない愚か者たちのための作戦立案には、ほとほと消耗するしかないといいながらボーイを呼びよせ、コニャックを振る舞ってくれました。大佐は、腰の拳銃ケースをはずして事務机の引き出しに入れ、鍵はかけずに隣の寝室へと招きます。わたくしは、初めて、大佐の目の前で着ているものを脱ぐことになったのですが、裸になって胸と下部を両手でおおったところで、おや、照れておるな、ところで両親は元気なのかと尋ねる。不意を打たれ、母親は東京の赤坂の魚屋の裏の路地でひとり暮らしをしており、父親は亡くなったが、十五歳にもならぬ娘のわたくしに手をつけるほど甲斐性もない男だったと、倫敦の小男の日本人のことを思い出しながらいうと、なるほど、だから「父ちゃん、堪忍して」なのか。今夜もわしが「父ちゃん」になってやるから、こんな土地まで流れてきた惨めさをまぎらわすがよかろうと微笑みかける。「蝶々夫人」と呼ばれることはなく、倫敦の話もでませんでした。

魔羅は初めて会ったときのような凜々しさはない。だが、それに唇を寄せようとするのを拒む相手は、入念な接吻でわたくしのからだをおおい、それから背後にまわって肛門に指を添えようとする。ひとまず尻の筋肉を硬直させて抵抗していると、その抵抗の姿勢に興奮したものか、どうやら硬さを帯びたらしい魔羅の挿入を試みる。それをこらえていると、ついくしゃみが出て、その瞬間に相手のものがするりと入ってしまい、しまったと思うがもう遅い。先日のようにこの痛みが快さに転じてはなるまいと耐えながら、あえて嬌声を洩らす。今夜は「父ちゃん」とは呼ばぬのかという相手の言葉に、それは正面から責められるときにとっておきますと答えると、よかろうというなり、こちらのからだをあお向けに倒しにかかる。

その瞬間を待っていたわたくしは、立て膝になった大佐の股間に素早く屈みこみ、これがとってもほしかったのですといいながら、うずくまって魔羅をしゃぶり始める。「父ちゃん」のものを吸いたければいくらでも吸うがよかろうと相手も余裕を見せたところで睾丸を握り、思いきり捻りあげる。うっという反応があり、さらに力を加えると何やら腱が切れたような手応えがあり、血の混じった液体が口の中に拡がる。けたたましい叫び声があがるかと思っていたのに、うつろな目をしたままの相手が無言で倒れかかるので、それを避けて立ちあがると、自分にそんなことができるのかと驚きながら、倒れたままの相手の顔に足蹴りを喰らわせる。そのはずみでベッドから真っ逆さまに転げ落ち、首筋のあたりに鈍い痛みを覚えはしたが、いきなり小さく縮んでしまったような艶のある大佐のからだが呆気なくあお向けに倒れるのを床から見とどけてから、窓辺にかけよる。消防車のサイレンが響いていました。これが作戦の成功だとするなら、成功なるものがあまりに呆気ないことに驚きながら金属の器具を冷静に上下にずらすと、窓はごくスムーズに開く。外気の冷たさに身震いしながら顔を向けると、梯子の先に高麗が手をさしのべている。そのとき、わたくしは裸でいることに途方もない恥ずかしさを憶え、タオルでからだをおおうことをしなかった自分を後悔する。

三つ先の部屋の窓からは黒煙が上がり、すでに散水が始まっている。見おろすと、地上の人影が小さく見え、目が眩む思いがする。わたくしをかかえた高麗は、下を見るなといいながら素肌を布でおおい、下降を始める。一歩ずつ足を移動させても、地面が近づくとはとうてい思えない。あたりには消防夫が右往左往しており、永遠と思われるほどの時間をかけて地上に降り立って見あげると、明け放たれた窓から誰かが見おろしているが、それが大佐自身か、それとも目つきの険しい小柄な男かどうかはわからない。雑踏を避け、高麗に抱えられて裏道に入り、騎馬の群れに囲まれて停車していた三台のサイドカーの一つに乗せられると、黒眼鏡をかけさせられ、防寒具を着せられ、フードで頭をおおわれる。サイドカーは異なる三方にフルスピードで発車し――追っ手の目を眩ませるためでしょう――、騎馬の群れがそれぞれに従う。高麗がハンドルを握るサイドカーは裏通りを抜け、閑静な住宅地を通って郊外を目ざしていたかと思うと、いつの間にか繁華街の目抜き通りを走っており、巡査の姿もちらちら見えはするが、わたくしの存在に気づく者はいない。これほど事態がうまくはかどったのは、これが夢の中だからに違いないという埒もない思いに誘われながら、ぶるぶる震えていました。人通りがまばらになると、まわりを援護していた騎馬が一つ、また一つと姿を消し、高麗の運転も速度をゆるめ、初めて寒くはないかと声をかける。あとちょっとで、目的地につく。目的地がどこであるのか知らなかった自分の迂闊さを嘲りながら、この真夜中の逃亡劇を企画し演出しているのが高麗その人にほかならぬことを理解しました。わたくしが大佐の金玉を潰したのは、森戸少尉を自死せしめたことを懲らしめるためであり、同時に、この元日本軍上等兵の自由のためでもあったのです。

倉庫とも工場ともつかぬ見知らぬ建物の前で止まったサイドカーは、たちまち何ものかによってどこかへ運び去られ、すでに跡形もない。わたくしは、初めてこの地球上に降り立った異星人のように足元がおぼつかなく、高麗に支えられて戸口を抜けると、そこは鉋屑やら千切れた油紙やらが散らばっている殺風景な空間で、天井からは裸電球が一つぶら下がっており、光源はそれ一つしかない。あたりには見知らぬ人影がいくつも揺れているが、わたくしたちの不意の侵入にはいたって無関心だ。あの連中を気にすることはないといわれて気がゆるみ、腰が抜けたようにその場に倒れこんでしまいました。

そのがらくたまみれの床の上で、わたくしたちは一つに結ばれました。秘薬の効いている時間も切れていたのでしょう、わたくしの陰核はかつてなく敏感に反応し、首筋から足の指先にまで、とどこおることなく疼きをゆきわたらせる。「熟れたまんこ」も二重三重に——そんなことはありえないはずなのに、そうとしか思えませんでした——高麗の魔羅をしっかりと包みこみ、あられもなく唇を求めれば相手もそれに劣らぬ大胆な舌の動きで接吻を演じたて、二人はいつまでも求めあっていました。ふと足元に大きな靴が見えたので顔を向けると、長い煙管で煙草を吸う者がいたり、何だかわからない器具を磨いている者がいたり、ストーヴのうえの薬罐から鍋に熱湯を注いで何やら料理を作ったりしている者もおり、ときおり見るともなくこちらに視線を向けはするが誰ひとり口をきかず、ことさら興味深い思いで見ているようにもみえない。それがちょっぴり不満で、わたくしは大声で嬌声をあげてみましたが、これといった反応もありません。

翌朝、すみのテーブルに埃だらけの電話器を発見し、さる筋の信頼できる方に連絡してみました。先方はすべてをご存じで、大佐は満鉄病院に収容されたが、生命に別状はないとのこと。それより、どこにいるのかと訊く。高麗の隠れ家のようなところでひと晩厄介になったと答えると、すぐさま自動車をさし向けるから戻るようにと命令口調でいう。ほどなく、運転手につきそわれた背の高いズボンをはいた女性が姿を見せ、裸同然のこちらのありさまに驚いたようすで、ボストンバッグに衣裳一式が入っているから、早く身支度を調えるがよいという。それには、ストッキングからガーターまでわたくしにぴったりの寸法のものが入っていて、最新流行のハイヒールまで揃っており、いつも使っているのと同じ商標の化粧品も添えられている。受け取った手鏡で自分の顔を見て、そのすさみきった表情に驚きました。心はみちたりているのに、髪は乱れ放題だし、額から頬にかけては埃と油ですすけ、口紅も落ちており、高麗がよくこんな薄汚い女を抱いてくれたものだと恐縮する。ブラシをあて、何とか見られる髪型に整えたとき、詫びようと思っていた高麗はすでに姿を消していました。自動車の中で、ズボン姿の背の高い女は、元日本軍上等兵と褥《しとね》をともにされたのかと尋ねる。そうですともと胸をはりたい気持ちをおさえて黙っていると、上司から、くれぐれも深入りは避けよとお伝えするようにいわれておりますという。私にも思いあたることがありますように、おそその問題はとても一筋縄では行かぬ微妙なものと承知の上で申しますが、しばらくはおつつしみ遊ばせ。別れぎわに、今日お持ちしたものはすべて私が見たてたものですが、お返し下さるにはおよびませんとひとこと釘をさす。それから以後、高麗に会うことはありませんでした。

わたくしはいつもの生活にもどりました。ある日の会食の席で、次の間にいた目つきの険しい小柄な男とばったり出くわしました。それが仕組まれたものか偶然かはわかりませんが、開口一番、おみごとというなり、あなたの犠牲者は近く日本に召喚されましょうから、ひとまずは大成功と満面の笑みを浮かべる。わたくしは訳が分からぬふりを装い、いったい何のことでしょうかと問うと、これは人違いでしたかな、もっともしかるべき個所を拝見すれば確かめられますがねと薄笑いを浮かべてから別の話題に移ってしまう。そんな事態の推移が、哈爾浜という街の始末に負えない奥深さというものなのでしょうか。

あるとき、背の高い女性——その日はスカートをはいていました——が訪ねてきて、ボリスという男を籠絡せよとの指令を口にする。彼の言動からかつての透明感が失われ、情報の交換がいちじるしい不均衡に陥ったと判断され、懲らしめてやらねばならないというのです。殺しはしないから安心してといわれ、わたくしは自分の使命を理解しました。ところが、指定されたホテルの部屋に入ってきたのは、高麗でした。わたくしは血相変えて、逃げてと絶叫しました。彼は、外の廊下に視線を送ってから、いずれこういうことになるとは思っていたとわたくしに接吻し、逃げてという言葉を封じました。そこに、背の高いズボン姿の女に先導された数人の屈強な男たちが入ってくる。わたくしに謀られたと思ってはいない高麗も、わたくしの役割は承知しており、背の高い女のつきつける証拠にいい逃れもできなくなったと観念し、両手両足を椅子の背と脚に縛りあげられてもさして驚いたりはしません。

さあ、それではあなたの特技を見せていただきましょうかと背の高い女がいう。ボリスとはこの男にほかなりませんから、指令に従っていただくほかはありません。わたくしは、血の気が失せたように首を左右に振りました。そう、それならあなたにはここでお引き取り願い、私が持参したメスと鋏でこの男の男根をちょん切り、睾丸をくり抜くことにしますが、それでよござんすね。その言葉が決心させました。わたくしは、衆人環視のもと、着ているもの——背の高い女がしつらえたものでした——を思い切りよく脱ぎ捨て、とりわけ女に見られているという自覚が大胆さを加速させたのでしょう、心惹かれていた高麗にはついぞ見せたこともない卑猥な格好で縛られたその膝にひょいと飛び乗ると、相手は近づけた乳首をためらいがちにちゅうちゅうと吸う。わたくしは、もっと吸って、千切れるほどに吸って頂戴と彼の耳もとでささやく。相手は目を閉じたまま、その仕草を続ける。手心を加えてはなりませんという女の声に、こんどは床の絨毯に手をついて身をのけぞらせ、大きく拡げた股ぐらを高麗の顔に近づけてやると、苦もなく探りあてた陰核を唇でちろちろ舐めたり、舌でなぶったりする。そんなことではたじろぐまいと自分にいいきかせていましたが、さすがに心地よく、これがいつまでも続けと祈ったほどです。彼が外科的に切除するといった陰核の持ち主はこうして生きのび、その代わりに彼の睾丸が潰されようとしている。わたくしはいっそ自分の手で高麗を殺してしまおうと、背中に垂らしていた両足を勢いよく組み合わせ、相手の後頭部をつかんで身を起こし、舐められるもんなら舐めてみやがれと太股で首を絞めにかかる。

さ、そのあたりでいいでしょうと背の高いズボン姿の女にうながされてようやくからだを離すと、男には猿ぐつわがはめられ、目隠しをされる。何度も手にとった見覚えのある男の美しい魔羅を両手でつかみ、じっくりとしゃぶってやる。みるみる勃起してくるさまを喉ちんこのあたりで確かめながら、男ってつくづくあさはかな生きものだと哀れまずにはいられない。この期に及んでそこまで無防備に反応することもなかろうと憐れみさえおぼえながら、ころあいを見はからって二つの睾丸を思いきり握って絞り上げると、こもったうめき声がホテルの部屋をみたす。うめいた程度で手加減を加えたりはせず、魔羅を握った手を心持ちゆるめ、香水と体臭とがまざりあった汗みどろの乳房を、冷や汗のにじみ出た男の顔にぐっと近づけてやる。目隠しをされていても私の乳首だとわかる高麗は、それをことのほか心をこめてしゃぶってくれる。勢いがみなぎり始めた男の魔羅をくわえ直すと、こんなに美しいものを使えなくさせてしまうのかと惜しみつつも、男が生涯で洩らす最後の精液がみなぎる気配が高まるまでしゃぶりつくす。こちらの唇に尿道からぴゅっと白濁した液体がほとばしるのを合図に、梃子の原理を応用した邪悪な手作りの器具を使って、いまは力なくぶら下がっているだけの二つの玉を男たちが本格的に潰しにかかろうとする。それをおしとどめて、わたくしは、見えるはずもない高麗に向かって「熟れたまんこ」を思いきり見せびらかしながら、握った睾丸に改めて力を加える。筋が切れた実感が両手に感じられ、高麗は断末魔の叫びを洩らす。

その快感、おわかりになりますか。そう問う伯爵夫人の鋭いまなざしが間近に迫り、相手の言葉をそのまま受け入れるしかない活動写真好きの青年を威圧する。でも、心配はご無用。金玉を潰されて卒倒した裸の男を外套にくるんで窓から寒い戸外にほっぽり出しても、そんなことで人間は死んだりいたしません。あえて殺さずに泳がせておいたボリスこと高麗とは、その後、何度か食卓をともにする機会もありましたが、そんなからだにされながらなおもいい寄ろうとするひたむきさが可憐でならず、ホテルに招いてベッドに横たわらせてその部分を点検すると、きれいに縫いあわされた股間の肌がのっぺりと拡がっているだけで、いくらしゃぶってもびくりともしない。でも、そのことを恥じようともしない露西亜系亜細亜人の男は、かつてない親密さでわたくしのからだを愛してくれました。その晩、夫が亡くなって以後、初めて勃起もしなければ射精もしない男のからだを心からいつくしみました。わかるかしら、二朗さん。

XI

わかるかしら、二朗さんといってから伯爵夫人が語り始めるのは、巴丁巴丁での伯爵との微妙な出会いのいきさつだろうと想像していたが、彼女がことのほか念入りに描きあげていったのは、南独逸の優雅な保養地とはおよそ異なる佛蘭西北部のメゼグリーズでの悲惨な戦闘の光景だった。春には薫りのよい白い花をつけ、やがて真紅の実をたわわにみのらせるさんざしの茂みがいたるところに植え込まれているこの地方では、いつからこうしているのかその記憶さえ薄れてしまった両軍の兵士たちが、もつれあうように張りめぐらされた鉄条網をはさんで対峙しあい、ときおり散発的に鉄砲を撃ちあってみたり、高台のトーチカから発射される機関銃に思いだしたように気を引きしめたり、不意に鬨の声をあげて小規模な衝突を起こし、戦況の悪化とは無縁に律儀な退却をくりかえしたりしているのだという。戦果のほどはすこぶる曖昧で、自軍の優位を確信する者などどちらの陣営にもいそうにない。

かろうじて保たれていたそのとりとめもない均衡も、亜米利加合衆国の参戦いらい目に見えて崩れ始め、ひたすら防戦に明け暮れる混沌とした独逸軍の陣地では、立ちこめる糞尿の匂いに誰も顔を顰めなくなった塹壕のぬかるみに、腹のふくれた大きな鼠の死骸がいくつも泥をかぶってころがっているばかりだ。急ぐでもなくひたすらゆっくりと移動する包帯だらけの負傷兵が不細工な松葉杖でそれを踏みつけ大きくよろけたりしても、あたりの風景にいっさい変化は生じない。新品の供給が滞り潜望鏡は泥をかぶったままなので、誰ひとり塹壕の外に目を向けたりはしなくなっており、何かの拍子に近づいてくる人影が察知されれば、敵味方を問わず、ただ闇雲に機関銃が乱射され、手榴弾が放り投げられるだろう。

そんなとき、やや離れた風上にいきなり黒煙がたちのぼると、それを目にしただけで脅え始め、配備されたばかりの防毒面をわれがちに装着しながら武器を手放して右往左往する兵士たちに向かって、素顔のままの将校が、あれは毒瓦斯ではない、攪乱のための煙にすぎぬから落ちつくのだと叫び続けているが、それとてむなしい叱咤でしかなく、その将校にしても、それが味方の複葉機の墜落によるものだなどとは知るよしもない。それでも、毒瓦斯まがいの黒煙をめぐる落ちつきはらった司令によって、部下から「素顔の伯爵」と呼ばれて尊敬されることになるその若い将校は、バーデン大公とも遠縁の仲だっただけに、講和条約締結の遠からぬことをそれとなく聞かされていたのだが、かりに戦闘行為が停止し、こんな役立たずの新兵や負傷兵どもが群れをなしてここから撤退したって、そんなことでこの陰惨な塹壕が世界というものから消滅しようとはとうてい信じきれずにいる。「素顔の伯爵」は、接収したさる城館のサロンの円卓にとり残されていた『両世界評論』誌にノルポア侯爵の文章が載っているのを目ざとく見てとり、「戦利品」としてそれを外套のポケットに滑りこませ——かりに書架に並べられていたとするなら、そんなはしたない真似だけはしなかっただろう——、かつてビスマルクがその知性に多大の信頼をよせたというこの老いたる外務官僚の大物が、二十世紀の戦争をめぐってどんなことを書いているのかに興味をそそられ、塹壕の特等席ともいうべき鼠の死骸が比較的少ない場所に畳椅子を持ち出し、さんざしの花のように白っぽい薄日を背中で受けとめながら、敵国語で書かれた「戦利品」のページをめくろうとしていた。そのとき、至近距離で爆発が起こり、臀部に激痛を覚えた彼は、爆風で泥の中に倒れこむ。新兵の操作ミスによる手榴弾の暴発だった。味方の別働隊の帰還を敵襲と勘違いした兵士のひとりが、塹壕の底で手榴弾の安全装置をはずし、放り投げようとしながら脅えて腕がいうことを聞かずにとり落としてしまったというのだ。彼自身は無傷で、負傷したのは「特等席」で読書にふけろうとしていた「素顔の伯爵」だけだった。これが戦争というものかと溜息をつきながら担架で運ばれてゆくとき、わなわなと震えながらこちらに視線を向ける若い金髪の新兵を見てとり、安心するがよい、処罰されぬようとりはからっておくからと痛みをこらえて声をかけるが、敬礼する下士官につきそわれた顔面蒼白な新兵は、ものもいわずに震え続けている。

こうして、あと数週間で戦争も終わろうとしていた時期に、味方の不始末から下半身に深い傷を負った「素顔の伯爵」は、彼自身には知らされていた停戦の報に接して誰もが歓声をあげている野戦病院のベッドで、みずからの性的な生活の終わりを覚悟せざるをえなかったという。まがりなりにも平和がよみがえり——とはいえ、役立たずの新兵や負傷兵どもが群れをなして撤退したって、そんなことであの陰惨な塹壕がこの世界から消滅しようとはとうてい信じきれず、また新たな戦闘が間違いなくこの地帯を荒廃させるだろうと確信しているのだが——、松葉杖に支えられて故郷にもどると、理由も告げぬまま許嫁との婚約を解消し、親戚づきあいもたち——兄弟がおらず、両親もすでに他界していたことが、彼にとってはせめてもの幸いだった——、三十になるかならないかの年齢で彼は隠退生活に入る。公証人の試算によれば、生涯暮らしてゆけるだけの資産が彼には残されていたという。

その「素顔の伯爵」に巴丁巴丁で初めて身をまかせようとしたわたくしは、お祖父さまにそっくりだったその「尊いもの」を口に含んでも、勃つことはおろか、洩らすこともかなわなかったという。それでも、その男のからだを心から愛さずにはいられなかったというのが、このわたくしという女なのです。もっとも、「素顔の伯爵」と結婚していたわけではありませんと伯爵夫人はいいそえる。わたくしは彼のことを愛するひとと呼び、彼もわたくしのことを愛するひとと呼びながら、その早すぎた晩年の数年間をことのほか静穏に欧洲各地で過ごすことになったのですが、社交生活はきっぱりとたち、黒い森林地帯の小都市や北伊太利亜の湖畔などをいつもゆっくりと散策しているふたりの姿を見て、まわりの方々——欧羅巴《ヨーロッパ》でも、そして後には日本でも——は、わたくしのことをいつしか「伯爵夫人」と呼ぶようになっておりました。ことによったら揶揄のニュアンスがこめられていたのかもしれないその称号を、わたくしはことのほか誇らしい思いで受けとめております。

　ある情動の高まりとともにその話を聞き終えた二朗は、しばらく前から視線を合わせようとしない伯爵夫人の横顔をじっと見つめながら、その半生を語ってみせたこの女が、いきなりすっかり老けこんでしまったような印象をいだく。あたかも、語ることが老いを受けいれる仕草にほかならぬというかのように、これまで目につかなかった女の年輪のようなものが、その人影から、あの無類の艶っぽさをゆるやかに奪ってゆくかのように思われたからだ。いけない、この女を、あくまでおれの伯爵夫人として身近につなぎとめておかねばならないと、二朗は思わずその手を握らずにはいられない。二朗さん、あなたはわたくしのいうことにしっかりと耳をかたむけてくださいましたね、お礼をいわせていただきますと相手もまた握りかえすのだが、彼自身の金玉を小気味よく握ってみせたあの細くて骨ばったその指先までが、いまではごくありきたりな肉づきのよいものとなってしまったように思われてならない。

彼女自身の手でその金玉を潰してしまった高麗元上等兵とのその後の交情をめぐって、夫が亡くなって以後、初めて勃起もしなければ射精もしない男のからだを心からいつくしみましたと語り、わかるかしら、二朗さんと伯爵夫人が問いかけたとき、もちろんわかりますとせきこむように応じ、お客さまの若くてお綺麗なおちんちんは、向こう七十二時間はまったく使いものになりませんと和製ルイーズ・ブルックスに釘をさされたことを想起しながら、小春がお祖父さまのものにそっくりだというおれの魔羅もまた、いまは勃起もしなければ射精もしなくなっているはずですからといおうとする誘惑にかられはした。だが、そう白状してしまえば、インカ土人伝来の特殊なエキス入りのサボンだの、ボブカットの鬘まで脱いでしまった坊主頭の女との乱闘だの、その後の夢としか思えぬ彼女との交情だのにも触れざるをえず、だから、いまの自分のからだはあなたが愛された「素顔の伯爵」と高麗上等兵にそっくりだなどとは、口が裂けてもいいだせない。また、かりにそういったとしても、それを聞いた伯爵夫人がどんな振る舞いを演じることになるかと想像すると、まさかこの場で祖父にそっくりだというおれの「尊いもの」を彼女が口に含み、おれのからだを心からいつくしんでくれるとも思えず、また、このひとに触ったり、触られたりするのを夢見たことなど一度もないと日頃から豪語していたことを思うと妙なせつなさに襲われ、またかつてなく心細くもなり、彼女の話にじっと耳を傾けていた自分がいまどこにいるのかさえおぼつかなくなる。伯爵夫人からはホテルのお茶室とのみ聞かされていながら、ここを抜け出してどこをどう歩けば、いまもばふりばふりとまわっているだろう回転扉脇の新聞売り場までたどりつけるのか、皆目見当もつかぬからである。

そこで、あなたがお茶室だといわれるこの場所は、いったいどういうところなのですかと尋ねてみる。すると、不意にいつものあでやかさをとりもどしたかに見える伯爵夫人は、じゃあお話ししましょうかと婀娜っぽく首をかしげながら上目遣いに二朗を見上げ、ここは、どこでもない場所なのですとことさら気どった風情も見せずにいいきってみせる。どこでもない場所。そう、何が起ころうと、あたかも何ごとも起こりはしなかったかのように事態が推移してしまうのがこの場所なのです。二・二六のとき、隠密の対策本部が設けられたのもここでして、それが青年将校たちに予期せぬ打撃をあたえたのですが、そんな記録などどこにも残されていない。だから、わたくしは、いま、あなたとここで会ってなどいないし、あなたもまた、わたくしとここで会ってなどいない。だって、わたくしたちがいまここにいることを証明するものなんて、何ひとつ存在しておりませんからね。明日のあなたにとって、今日ここでわたくしがお話ししたことなど何の意味も持ちえないというかのように、すべてががらがらと潰えさってしまうという、いわば存在することのない場所がここなのです。ですから、多少は抵抗するかもしれないわたくしを無理に組みしき、あなたがわたくしを本気で犯したとしても、そんなことなど起こりはしなかったかのようにすべてが雲散霧消してしまうような場所がここだといってもかまいません。さあ、どうなさいますか。

そういってからしばらくこちらの瞳を覗きこんでいた伯爵夫人は、いまからもう十五年以上も前のことですが、例の茶話会の流れで、お祖父さまとお祖母さまにつれられて、わたくしは初めてこの場所に足を踏み入れましたと語り始める。唐紙も、障子も、掛け軸もいまとまったく同じで、なにひとつ変わったところはありません。お祖父さまのまわりにはには複数の女性たち——伊太利亜人の若い未亡人もいれば、夫のいる墺太利《オーストリア》人の奥方もおり、それにかなりお歳を召した日本の侯爵夫人までまじっていました——が群がっておりましたが、いずれも、この子爵と懇ろにまじわりながら、あたかもまじわりはしなかったかのように振る舞うことのできるのがここだとご存じのようすでした。お祖母さまを先頭に、伊太利亜人も墺太利人も日本の侯爵夫人も、ゆっくりと時間をかけてお祖父さまに組みしかれ、あられもない嬌声をあげたり、じっと歯を食いしばっておられたり、中には失神なさってしまうお方もおられました。お祖父さまは間違っても射精なさりませんから――亡くなったお兄さまにいわせれば、「近代」に対する絶望からだとか――、どの女性も、あたかもお祖父さまとは交わらなかったかのように、この場をあとにすることができたのです。

ところが、その晩、そのどこでもない場所で、たったひとつだけ本当のできごとが起こった。ここで、わたくしが、お祖父さまの子供を妊《みごも》ってしまったのです。お祖父さま直伝の「熟れたまんこ」を駆使しながらがむしゃらにむしゃぶりつき、思いきり腰を動かしながら悦びの高まりを待っていると、お祖父さまのからだの動きがいつもと違うのでどうしたのかと思ったとたん、いきなりぷへーと低くうめかれ、わたくしのからだの芯いっぱいに精を洩らしてしまわれたのです。そんなことなど間違ってもなさらぬのがあの方でしたから、わたくしは呆気にとられました。お祖母さまもあらまあとあわてふためき、さっそく洗浄を試みられたのですが、数週間後に妊娠が確定しました。わたくしは、そのころ、赤坂の母のもとに暮らしておりましたが、その道の達人である按摩を呼びよせ、ひそかに堕ろすことも考えていました。

ところが、お祖父さまのところからお使いの者が来て、かりに男の子が生まれたら一朗と名付け、ひそかに育ててあげ、成年に達したら正式に籍に入れようという話を聞かされました。その提案を不思議な思いで受けいれたわたくしは、聖路加病院を紹介され、無事出産をすませました。さきほど、お祖父さまには妾腹はいないと申しましたが、一朗はそれと異なり、れっきとしたお祖父さまの子供として認知されたのです。生まれたのは、あなたが誕生された三日前。お祖父さまも、不意に授かった男の後継者のことをことのほか喜んでおられましたが、その子が成人する以前に他界してしまわれた。一朗は、いま、あなたがたとはまったく異なる環境の中で、わたくしの母を母親として育っております。さいわい、松本高校に入学でき、来年はあなたのように帝大を目指しているともいっております。しかし、その子とは何年に一度しか会ってはおらず、わたくしのことを母親とも思っていない。ですから、ほぼ同じ時期に生まれたあなたのことを、わたくしはまるで自分の子供のようにいたわしく思い、その成長を陰ながら見守っておりました。

伯爵夫人におれと同じ年の子供がいた。しかも、その誕生日は、おれと三日違いでしかなく、その父親はほかならぬ祖父だという。その話を聞きながら、これまで理解できなかった多くのことに合点がいった。だが、それと同時に、生まれた赤ん坊が伯爵夫人の母親によって育てられているという話はにわかには信じられず、二朗はひたすら混乱する。自分の叔父にあたり、年齢は自分と同じという家族の一員が、どこかに生きているとはとても想像しがたい。そもそも、一朗なる者は存在せず、二朗ひとりが問題なのかもしれぬ。ことによると、一朗と呼ばるべき男子が何らかの事情で二朗と呼ばれて祖父の長女の家に迎えられ、何ごともなかったかのように亡くなった兄の弟として育てられたのかもしれぬ。その場合、おれの本当の母親は伯爵夫人そのひとということになる。祖父の記憶はほとんどないが、お背の高さといいお顔の彫りの深さといい、亡くなられたお祖父さまにそっくりと年輩の親類縁者が口をそろえて証言していたことや、二朗さまのおちんちんは、色あいといい、スマートな長さといい、先端のぶっきらぼうなふくらみ加減といい、あたりに匂いたつ香りといい、亡くなった大旦那さまのものとそっくりと小春がいっていたことなどを考慮すると、どうもそう思われてならない。何のことはない、おれは、そうと意識することもなく、小津安二郎の『母を恋はずや』の世界に——兄と弟の関係を逆転したかたちで——生きていたのだ。だが、それにしても、いま目の前にいるこの女が、本当におれの母親なのだろうか。

混乱しきった二朗の長い沈黙の意味に察しをつけたのか、あなたは本当にお莫迦さんですねと伯爵夫人は艶然と微笑みかける。あれこれ考えた末に肝心な点で勘違いなどなさってはいけませんよ。あなたの本当のお母さまは、あなたのお母さま。それに疑いの目を向けたりしたら、それこそ罰があたります。二朗さんがお祖父さまの子供であるはずがない。伯爵夫人はそう語り続けるが、明日のあなたにとって、今日ここでわたくしがお話ししたことなど何の意味も持ちえないというかのように、すべてががらがらと潰えさってしまうという、いわば存在すらしない場所がここだというのだから、この茶室でのこの女の説得などどうして信じることができようか。

では、その一朗というお子さんが来年帝大に合格されたとしたら、といったところでこちらの言葉を折り、もう遅くなりましたから、お食事にまいりましょうと伯爵夫人はあでやかに笑いかけ、黒いハンドバッグからとりだした香水を首筋にふりかける。農学部の近くにアルティショウを食べさせてくれる奇特な洋食屋さんがあるのですけれど、最近では閉まっていることが多いと聞きますので、鳥森の蒙古料理はいかがかしら。見た目はごく普通の支那料理屋ですが、折りいって頼みこめば、とっておきの伝統的な蒙古の食べ物を提供してくれます。ね、そこにしましょうよと彼女がいったところで、いきなり電話が鳴るのでどきりとする。伯爵夫人の受け答えにどこか翳りを帯びたところがあるのを二朗は見逃さない。いますぐにですかという応答にも余裕が感じられない。じゃあ、お待ちしておりますといって彼女が電話を切ると一分もしないうちに、三和土に人の気配がする。見ると、二人の海軍士官が敬礼して立っている。二朗さん、ちょっと留守をしますが、ここで待ってて頂戴なというなり彼女はコートを羽織り、下駄箱からとりだした草履を履こうとする。どうしてもいらっしゃらねばならぬのですかとすがるように訊ねると、安心してください、すぐに帰ってまいりますから、ここでおとなしく待っててくださいなと上目づかいの視線を向ける。必ず戻ってきてくださいねという二朗の言葉を胸もとで受けとめ、もちろんですともと上目づかいの婀娜っぽい目を向ける。伯爵夫人が玄関から遠ざかると、海軍士官の一人が黙礼しながら扉を閉める。こうして、二朗はひとりとり残される。

ああ、またしてもおれは珍妙な場所に閉じこめられてしまった。だが、こんどというこんどは、「どこでもない場所」だというから滅法始末が悪い。二朗は、手持ちぶさたの人間なら誰もがするように、紫檀の机に置かれていた急須に茶葉を入れ、湯を注ごうとして茶室に足を踏みいれて鉄瓶に手をかざすと、さっきまで煮えたぎっていた湯が冷えきっている。ふと、何かの気配を感じて視線をむけると、障子に落ちかかる木蔭がわさわさと勢いよく揺れ動いている。背をすくめて八畳に戻ると、寒々とした思いに外套をはおらずにはいられない。すると、何やら轟音のようなものが、地の底から湧きでるように響きわたり、唐紙をひっきりなしに微動させる。ああ、さっき通ってきたあの道路を戦車でも走っているのだろうと自分にいい聞かせはしたが、それにしては、その音響がいつまでも鳴り止まない。かりに戦車だとすると、とても十台にはおさまらぬほどの数だなと思っていると、その轟音は不意に途絶え、あとには沈黙が支配し、何の物音もしないところに閉じこめられているとの意識をきわだたせる。こらえきれなくなって、まさかつながるまいとは思った濱尾の家に電話してみると呆気なく通じて呼び出し音が響き、明らかにお佐登と思われる女の声が対応する。二朗ですがというこちらの声に、少々お待ちくださいませと応じ、ほどなく濱尾の声が響く。救われたという思いでほっとしながら二朗が口にしたのは、助けてくれの一語だった。

助けてくれって、いったい貴様はどこにいるのだ。家ではないのか。それが、よくわからんのだと答えると、すぐに駆けつけるから場所を教えてくれと相手もせきこんでいう。どこにいるんだという濱尾の声に、「どこでもない場所」と応じるわけにもゆかず、おれの本当の母親は伯爵夫人かもしれんと思わず口走ってしまう。貴様、どうかしてるぞ、気を確かに持てと濱尾も本気になる。伯爵夫人などといっておるが、そもそもあの女は上海の高等娼婦だぜ、それが貴様の母親であるわけもない。いや、上海ではなく、本当は倫敦の高等娼婦だったんだとかろうじて口にする。おいおい、貴様は何をいっておる。助けに行くから、どこにいるのかいってくれ。

そのとき、交換手の女がふたりの会話にわって入り、緊急の連絡があるので、ホテルの榎戸からお話しさせていただきますという。すると、思ったより若々しい声が、奥様から二朗さまへのおことづけがありますので、これからお茶室に参上させていただきますというなり、電話はとだえ、通電音すら耳に響かぬ。ことづけがあるというからには、伯爵夫人はもう戻ってこないのだろうか。

XII

その名前だけは何度も耳にしたことのある榎戸という男がことづけものをとどけにくるというが、どうやらホテルの防火シャッターは閉ざされているようだし、地下道にも戦車らしきものが不穏に通り抜けたりしているので、その榎戸とやらがここまでたどり着くにはかなりの時間がかかるにちがいない。そう思い、二朗は、生まれて初めて「待つ」ということの意味に目覚め、息をひそめて時の流れを自分のものにしようとするのだが、またしてもひとりとり残されてしまったこの「どこでもない場所」では、すべてがとりとめもなく推移してとらえどころがない。だから、ご免くださいましという女の声が玄関で響いたとき、男と予告されていながらなぜ女が来たのかとことさら訝ったりすることもなかったし、その瞬間の到来をひたすら待っていたといえば待っていたし、待っていなかったといえば待ってはいなかったともいえる。

榎戸の代理でおとどけものをしにまいりました。その声の主を三和土に認めた二朗は、ズボン姿の大柄なその女をどこかで見かけたことがあるような気もするが、まさか伯爵夫人の話から抜けだしてきたわけでもあるまいし、未知の女性であることに間違いなかろう。持参した品々を風呂敷からとりだして床に並べてゆく女は、改めて軽くお辞儀をしながら、お手紙を上に乗せておきましたといいそえてから、まあ、お客さまはあの方にそっくり、甥御さんですかと尋ねる。あの方というのが伯爵夫人だとするなら、二朗にはその自覚がなかったとはいえ、かりに彼女がおれの母親だとするならそこはかとない類似もあろうかと思い、改めて心が乱れる。だが、見ず知らずの女においそれと事情を述べるいわれもあるまいと黙っていると、他人のそら似とも申しますからねと笑みを浮かべながら、ではおいとまさせていただきますとズボンをはいた大柄な女はあっさり姿を消す。

八畳の紫檀の机の前に正座した二朗は、手紙を読むのが怖ろしくてならない。そこで、まず包みを開いてみると、女ものの絹の靴下が二ダースとドロステのココア缶が半ダースも入っており、それに大きなハトロン紙の包みがそえられている。二朗様へと書かれた封筒をこわごわ開いてみると、不意のことで驚かれもしましょうが、今夜、郵船のお世話で大陸に向かいますという一行が目に入り、間違っても円タクを飛ばして横浜の埠頭に駆けつけたりしてはならないと書きそえられている。どうしたことかと息をつめて読みすすめると、さる事情からしばらく本土には住みづらくなりそうだからとのみ記され、それ以外の理由はいっさい説明されていない。ことづけものについては、例のココアはしばらく日本には入ってはこなくなりますから、赤毛のキャサリンのことなど思い出したりしながら、法科の受験勉強に励んでおられる二朗さんがおひとりでお飲みください。とりわけ、あの茶坊主の濱尾さんなんぞに気安く振る舞ったりしてはなりません。それから絹の靴下、こちらも当地で手に入れることがむつかしくなるでしょうから、とりあえずは敬愛するお母さまにさしあげてください。あるいは、あなたがいつか婚約なさることでもあれば、その幸運な女性のためにとっておかれるのもよいでしょうと記されている。さらに、いっときおいてから、信頼のおけるお方があなたをお迎えに来ることになっておりますので、素直にその方のあとに従って地上に出て、手配しておいた人力車に乗ってお帰り遊ばせと書かれている。最後に、写真を一枚添えておきますので、ときおりそれに目をやりながら、このわたくしという女のことを記憶のはしにとどめておいてくださいとも記されているので、まさかあの卑猥な裸婦像ではあるまいなといくぶん脅えながらハトロン紙を開いてみると、いまよりも遥かに若い時期の伯爵夫人が、「素顔の伯爵」と思われる中年紳士のかたわらで、思いきりのよいデコルテの夜会服をまとって艶然と微笑んでいる。この「素顔の伯爵」は誰かにそっくりだと記憶の中であれこれ探っているうちに、それが『愚なる妻』のフォン・シュトロハイムだと思いあたる。だがそれにしても、目の前の現実がこうまでぬかりなく活動写真の絵空事を模倣してしまってよいものだろうか。

しばらく本土には住みづらくなったという伯爵夫人は、こうして、この「どこでもない場所」でおれのもとから遠ざかってしまった。「しばらく」というのは、いつまでということなのだろうか。そう思っていると、ふと、「伯爵夫人」などという女には、初めから出会ったりしていなかったような気がしてくる。このあたくしの正体を本気で探ろうとなさったりすると、かろうじて保たれているあぶなっかしいこの世界の均衡がどこかでぐらりと崩れかねませんから、いまはひとまずひかえておかれるのがよろしかろうといった婉曲な禁止の気配のようなものを、唐突な彼女の不在は、もはやあたりに行きわたらせていないのかもしれない。しかし、謎めいた姿の消し方ひとつとっても、このおれが伯爵夫人の正体までたどりつけたとはとても思えない。今日聞かされたあれやこれやの物語は、どこまで彼女の「正体」を明らかにしているのだろうか。

お迎えにまいりましたという声に、二朗は受けとった品々を抱えて玄関に立つと、そこには、細身の外套を律儀に着こなした鋭角的な顔つきの男が頭を垂れている。官吏だろうか、私服の刑事だろうか、それともどこかの商事会社の社員だろうか。一礼して彼に従おうとすると、お荷物お持ち致しますというなり、ココア缶と絹の靴下の包みを二朗からとりあげてしまう。かたじけないと応じ、手紙と写真だけを胸にかかえてその男のあとを追い、ややくたびれた感じの御影石の階段を十段ほどのぼると、そこには熊笹が生い茂り、何本かの白樺が痩せた枝を伸ばした小さな庭が拡がっており、白樺の木蔭には、季節はずれの巴旦杏《はたんきょう》が花をつけている。ここは地下であるはずだから、いったいどのように光合成が行われるのかと訝りながら笹に囲まれた道を進むと、それらの植物は、そのことごとくが、活動写真の舞台装置のように人工的なものにすぎまいとおよその察しがつく。あたかもこちらの心の乱れを読んでいたかのように、左様、この庭の造作は、さる活動写真の美術の方が季節ごとに作り変えておりますと無口な男は振り返りぎみにつぶやく。彼にうながされて奥の木戸を抜けると、そこにはコンクリートの壁がたちはだかり、金属製の格子の向こうにエレベーターが設置されている。乗り口の枠の上部に据えられた半時計型の数字の配置から、ここが八階建ての建築の地下二階であると理解でき、かなり大きな本格的なビルヂングだろうと二朗は見当をつける。

ゆっくりと降りてきたエレベーターの格子を押しあけ、中のチェーン式の格子を重ねそうにすべらせると、男はそこに二朗を招き入れる。ものもいわぬその男にしたがって乗りこむと、彼はチェーン式の格子をがらがらと閉め、片手で荷物を抱えながら慣れた仕草で昇降ハンドルを回す。がたがたと揺れながら上昇するエレベーターが地下一階をゆっくりと通過するとき、ガラス張りの扉の向こうにシャッターの降ろされた店舗がちらりと覗き、これは見覚えのあるところだと思う。一階について扉が開くと、目の前にのびている十字に交差する広い回廊から、これはまぎれもなく伯爵夫人が回転扉を小走りにすりぬけていったビルヂングだと二朗は確信する。だとするなら、彼女は、昼間も、あの「お茶室」で誰かと会っていたのだろうか。

男にうながされるまでもなく、二朗はばふりばふりと回っている百二十度の回転扉に滑りこむ。鈍い風圧を受けとめながら、なるほど仕切りは三つしかないと意識しながら扉をすり抜けると、戸外には月のない暗い夜が拡がっており、入り口の脇に腰を降ろして煙管を操っていた人力車の車夫が、吸い殻をぽいと足元にはじいてから立ちあがる。鋭角的な顔つきの男は、荷物を車夫に託すと、ここで失礼致しますとその場を辞する。彼に鄭重な礼の言葉を述べてから車夫に住所を告げようとすると、そいつはしっかりと伺っておりますので、へえと答える。長い支えに手をそえながら、内幸町の交差点を左に折れて愛宕の山の脇を抜け、飯倉《いいぐら》、狸穴《まみあな》とだらだら坂を登って、三河台で左に曲がるとその先の鳥居坂は勾配が急なので夜は足元がおぼつきませんから、今夜は永坂を降りさせていただき、十番に通じるその下の道をさかさまに進み、郵便局のあたりで左に折れ、うねうねと暗闇坂を駈けのぼるといった按配で、一本松までひとっ走りさせていただきますと一息にいう。お任せするといってから、膝に載せた包みのとりとめもない重みに改めて感じ入る。

走り始めてしばらくすると、内幸町の交差点の手前で警官に誰何される。俥から降りろといわれ、年齢はいくつか、これまでどこで誰と何をしておったか、所持品は何かと高圧的な言葉で訊かれたので、ホテルの茶室でさる女性とお薄を飲んでいた、持ち物は缶入りのココアと女ものの絹の靴下だというのもためらわれるのでしばらく黙っていると、脇から憲兵大尉が駆けよってきて、二朗の顔を見るなり、いきなり引きしまった顔つきで敬礼する。先ほどホテル脇の街路樹のもとですれ違った鰹節屋の兄貴分のような気がするが、かたわらの警官に何やらひとことふたこと呟いたかと思うと、ご無礼どうかお許しくださいと頭を下げる。すると、鰹節屋の弟分そっくりの私服刑事めいた男もかたわらに姿を見せ、警官を制して、どうかつつがなくご帰宅のほどをといい添える。だとするなら、彼らは本物の憲兵大尉、本物の私服刑事にほかならず、ふたりとそっくりの憲兵大尉と私服刑事が、いまごろ近くの料亭で酩酊しているとでもいうのだろうか。あるいはその逆かもしれないが、とにかく、彼らはおれの顔を見知っていたのだから、瓦斯燈の下での装われた抱擁は成功とはいえず、こちらの容貌はしかと記憶されていたことになる。伯爵夫人は

「あの連中」といっていたが、だとするとこのふたりは、彼女と同じ人脈につらなっているのか、それとも敵対しているのか。いまとなっては、それを知るべきよすがもない。

二朗は、改めて東京の夜の暗さに目を奪われる。ホテルの近辺はともかく、内幸町を過ぎてしまうと道路に面した家の屋根もめっきりと低くなり、ひたすら闇の深さが印象づけられる。実際、あたりにはほとんど人影も見あたらず、ときおり、乗客のまばらな暗い照明の市電がのろのろと追い抜いてゆくほか、走っている自動車もほとんど見あたらず、二朗は、小津安二郎の『その夜の妻』のような、都会を舞台とした犯罪活劇の無人の舞台装置の中を駈けぬけているような錯覚にとらえられる。しかし、夫を救おうとして刑事に拳銃を向ける妻はいうまでもなく、ましてや病気の娘などおれにはいるはずもないなどととりとめもなく夢想しているうちに、自宅に到着する。へーいとかけ声をかける車夫に駄賃をはらおうとすると、いえいえ、すでに過分に頂戴しとりますのでといいはるので、煙草代にしておくれと一枚の硬貨を与え、ご苦労さんといって別れる。

玄関には、一週間前に暇をとった文江の代わりに奉公に入ったばかりの若い女が迎えに出て、何も訊いてはいないのに、伯爵夫人は午後五時に外出されました、とまるで暗記していたかのように杓子定規に口にする。郵船関係の輸送業者が、機械仕掛けのピアノを初め、持ち物はすべて梱包してすでに運び出したとのことだ。主を失ったがらんどうの部屋を見るのは忍びないので、あえて洋間には行くまいと思う。すると、濱尾様とおっしゃる方から何度もご連絡がありましたともいうので、面倒な仕事は最初にかたづけてしまおうと、遅い時刻ではあるが彼に電話し、無事に自宅に戻ったとのみ伝え、詳細はこんど会ったときにたっぷりと話すというと、無闇に心配させないでくれよ、でもこれでひと安心学友は妙にねぼけた調子で反応する。どうやら、就寝中を起こしてしまったらしい。

包みをかかえて夜具ののべられた寝間に入ると、強羅のホテルの商標が印刷された厚い封書が一通、ランプのかたわらに置かれている。差出人は蓬子だった。開封してみると、とうとう卒倒に成功致しましたという奇特な報告から書きだされている。どういうことかと思って読みすすめると、緊急に召集されて舞鶴に向かう婚約者と、彼が途中下車して待っていた小田原で落ち合ったと書かれている。見知らぬ街をうろうろしていたわたくしたちは、お部屋にご不浄もそなわっていない粗末な旅館で一夜をともにしました。ところが、こちらは覚悟を決めて素肌をさらしたというのに、つんつるてんの浴衣を着たままのあのひとは、わたくしのからだに触れようともしない。理由を尋ねると、そんなことをして、もしあなたが妊娠してしまい、戦場で自分にもしものことがあったら、よもぎさんは未婚の母になってしまうだろう。それはいかにも忍びないので、こらえているのだという。その言葉には、胸がつまりました。せめて接吻なりともと迫ると、そんなことまでしてしまうと、こらえきる勇気がとても自分にはない。彼は、暗い顔をしてそういったのだという。せめてあなたも裸になってください。そうでないと、わたくしが理不尽に誘惑していることになってしまうからというと、彼は黙って着ているものを脱ぎすてる。わたくしは狂ったように猿股をとりのけ、むきだしになったおちんちんを口に含みました。二朗兄さまの「尊いもの」ほど立派ではなかったけれど、やっぱり海の味がするあの部分は立派に勃起いたしました。嫁入り前の乙女でも、「勃起」という言葉以外にあのそそり立つ感じは表現できませんから、あえて使わせていただきます。あのひとは、こうなったからには、背後からわたくしを責めるという。そうすれば、妊娠する気遣いはない。あら厭だ、お尻ですか。あなたはそんなはしたない真似をしたことがあるのですかと訊くと、品川の芸者とたった一度だけ経験したことがあるとあっさり白状する。じゃあ、婚約者がいながらそんな不埒な振舞いをなさったあなたを懲らしめる意味で、こうしましょうと蓬子はいったという。わたくしが今晩あなたとまぐわって妊娠し、あなたにもしものことがあれば、生まれてくる子の父親は二朗兄さまということにいたしましょう。

二朗さんは受けいれてくれるだろうかとあのひとは怪訝そうな面持ちを浮かべる。大丈夫、世間さまはそれをことさら不自然なこととも思わないだろうし、そもそも、わたくしはあの方の「尊いもの」に触ったり、口に含んだことさえある——それは、嘘だろう——

と正直に告白しました。きみはあの従兄と、そんなことまでをしおったのかと一瞬の沈黙があり、いつのことだと訊くので、婚約するよりずっと前のことだといいましたら、それならということで、あのひとは真面目な顔で正面からの攻撃を仕掛けてきました。わたくしの装われた抵抗が興奮を高まらせたようで、「勃起」したものがとうとうわたくしのからだに分け入ったときには、痛みが悦びにかわるのを待ちながら大声を上げてしまい、隣の客から部屋の唐紙をどんどんと叩かれてしまいました。でも、とても声をひそめていることなどできません。細めに開いた唐紙の隙間から二つの男の顔が、暗がりにまぎれてじっとこちらの狂態を窺っているのがわかりましたが、そんなことで嬌声をひかえたりするわたくしではありません。こうして、朝までもつれあっていたのですが、その間、あのひとは三度も精を洩らしたので、妊娠は間違いなし。ご覚悟ください。わたくしが妊娠したとわかったら、あのひとが戦地から無事に戻ってくるまで、どれほど魅力的なお嬢様と知りあわれても、その方との婚約だけはどうかおひかえください。これが、敬愛するお兄さまへの蓬子からのたったひとつのお願いでございますとその手紙は結ばれている。

追伸として、朝早くのプラットホームで軍服姿のあの人の乗った列車を見送りながら、それが見えなくなるまでひとり萬歳、萬歳と絶叫していたわたくしは、いつしか意識を失ってしまったらしく、気がつくと駅長室に寝かされていました。ハイヤーを雇って強羅まで戻りましたが、晴れて失神を経験しましたことをご報告いたします。くたびれはてた朝帰りの娘の顔を見て、母はひと言、とうとうと呟く。わたくしもとうとうと相鎚を打ってから、とうとう男を知ってしまったからだを家族風呂の湯船に誇らしげに浸しました。なお、二朗兄さまとの接吻、あれはやっぱり「看護」でしかありませんでした。現実にはもっともっと荒々しく、野卑で粗暴で、なおかつ甘美なものでございましたから、どうかそのおつもりでと書きそえられている。

あいつめ、またまた身勝手なことをいいおると忌々しく思いはしたが、あの貧相なからだが首尾よく男を迎えいれたことにはなぜか深く心を動かされた。さっそく返事をしたため、まずはご貫通とのご報告、心からめでたいことだと受けとめた。敬愛する従妹との約束は必ず守ってやるから、安心しているがよい。ただし、一度点検させて貰ったことのあるきみのからだの芯が、みだりに妊娠するほど「熟れた」仕組みであるとはとても思えないが、と短く記しておく。

手紙を書き終えると、ころあいを見はからっていたかのように、小春がいつもの越中ふんどしを掲げて入ってくるので、そんなものは必要ないといいはなつ。あら、どうしてでございましょうか。今夜はお漏らしにならない自信でもおありなのですかと怪訝そうにいうので、七十二時間の不能という事態には触れずにおき、そうさ、何しろ、ついさっき、蓬子を存分に犯しまくってきたのだと不意の思いつきを口にすると、まあ、許嫁までおられるあの方は激しく抵抗なさいませんでしたかと訊くので、抵抗する女を手込めにすることを「犯す」というのだと開きなおる。いったいどこで、そんな無謀な真似をなさったのですかと問うので、もちろんホテルでだというと、未成年のおふたりに、よくお部屋を貸してくれたものでございますねと不審そうに首をかしげる。ああ、あそこなら、榎戸という男に頼めば何とかなるものだと答えると、だから今夜はこんなに遅くにお帰りでとようやく納得したようにいう。ああ、三度もたっぷりと精を洩らしたので、妊娠は間違いなし。ひたすらうめきまくっていたあいつは、三度目にはとうとう白目を剝いて失神しおったと嘘の追い討ちをかけるが、自分ではそれがまんざら出鱈目とも思えない。まあ、そこまでなさいましたか。で、お医者様を呼ばれましたか。いや、枕もとのシャンペンを口に含んでぱっと顔にふきかけてやると、よもぎのやつはっと目をさまして、またおもむろに腰を使い始めやがる。そんな次第で、今夜は遅くなってしまったのだ。

しばらく黙っていたかと思うと、いきなりさっと晴れやかな表情を浮かべる小春は、では、さっそくよもぎさまは婚約を破棄され、改めて二朗様とのご結納の準備を整えねばなりませんが、ご両親にはお話しされましたかと訊く。いや、これはおれ個人の問題だから、お前さんが立ち入って気を遣うにはおよばないというと、さようでございましょうか。何かにつけて役に立つ女でございますから、何なりとお申しつけくださいませ。それにしても、お祖父さま直伝の立派なおちんちんで抵抗なさるよもぎさまのおまんこを射止める勇気が二朗様におありだったとは、まことに祝賀すべきことがらでございます。みずからに語りかけるようにそうつぶやきながら、小春は引きさがる。

床に入ってから、一日のできごとをあれこれ思い浮かべようとするが、どれひとつとして確かな輪郭におさまるものはない。ことによると、伯爵夫人との出会いも偶然のものではなく、こちらが活動を見に行ったことを小春あたりから聞き出し、終映時間を調べ上げてから、ばふりばふりと回っている回転扉のかたわらでひそかに活動小屋の方向に目をやり、おれを待ち伏せていたのではなかろうかという考えが浮かぶが、それとて埒もない妄想でしかあるまい。だが、かりに事態がそのように推移していたのだとすると、罠に落ちたのは可哀想なこのおれだということになろうが、では、それは何のための罠だったのかと濁った脳髄を無理に働かせていると、いきなり、ぷへーという母の歓喜のうめき声が両親の寝間から聞こえてくる。思わず耳を傾けると、その声は息たえだえにのぼりつめたかと思うと一瞬とだえ、やがてコロラチュラ・ソプラノのようにア行ともハ行ともつかぬ高音を、あたかも深い森の中で見たこともない小鳥がさえずるように長く長くひきのばしてゆく。ああ、これは明らかに録音されたレコードだと二朗は確信する。だが、それは母自身の声だろうか、それとも伯爵夫人の声なのだろうか。

もう夕暮れでございますという聞きなれぬ声が、耳もとでつぶやかれている。ああ、知らぬ間に眠ってしまったのだなと嘆息しながら目を向けると、まだ名前も憶えていない女が枕もとに正座している。ぬるい湯をみたした洗面器が、コップや歯ブラシや歯磨き粉や痰壺や欧洲産のサボンとともに大きな盆にのせられ、かたわらに置かれている。時間が時間でございますから、今日は夕刊をお持ちしましたと女はいう。それから、お下の洗浄はどう致しましょうと口ごもるので、それより小春はどうしたのかと訊くと、今朝方、どこへともなく姿をくらましてしまいましたという。奥様がおっしゃるには、「行李をかついで、夜逃げ同然」に出奔したとのことでございます。旦那様は、モールス符号の読めるあの女が、何やら「特務工作」にかかわっているらしいことは、うすうすとながら承知しておったと申しておられました。でも、あの方だけを頼りにしていた私は、いったいどうすればよいのでございましょうかと心細そうにいう。

いずれ馴れるさといって女をひきとらせるが、馴れる以前にこの女も遠からずこの家から姿を消すような気がしてならない。ある意味では蓬子もおれから去ったのだし、小春までが不意に遠ざかっていった。それに、いよいよ伯爵夫人なしの生活が本格的に始まるのだなとつぶやき、歯を磨きながら時計を見ると、時刻は午後五時を過ぎている。思いきり眠ってしまったものだと呆れながらふと夕刊に目をやると、「帝國・米英に宣戦を布告す」の文字がその一面に踊っている。ああ、やっぱり。二朗は、儀式的と思えるほどゆっくりとした身振りでココア缶の包みを開け、そのひとつをしっかりと手にとり、何度も見たことのある図柄を改めて正面から凝視してみる。すると、謎めいた微笑を浮かべてこちらに視線を向けている角張った白いコルネット姿の尼僧の背後に、真っ赤な陰毛を燃えあがらせながら世界を凝視している「蝶々夫人」がすけて見え、音としては響かぬ声で、戦争、戦争と寡黙に口にしているような気がしてならない。

初出　「新潮」二〇一六年四月号

装幀　新潮社装幀室

著者紹介

1936(昭和11)年東京生れ。東京大学文学部仏文学科卒業。教養学部教授を経て1993年から1995年まで教養学部長。1995年から1997年まで副学長を歴任。1997年から2001年まで第26代総長。主な著書に、『反＝日本語論』(1977 読売文学賞受賞)『凡庸な芸術家の肖像 マクシム・デュ・カン論』(1989 芸術選奨文部大臣賞受賞)『監督 小津安二郎』(1983 仏訳 映画書翻訳最高賞)『陥没地帯』(1986)『オペラ・オペラシオネル』(1994)『「赤」の誘惑—フィクション論序説—』(2007)『随想』(2010)『「ボヴァリー夫人」論』(2014)など多数。1999年、芸術文化コマンドゥール勲章受章。

伯《はく》爵《しゃく》夫《ふ》人《じん》

二〇一六年六月二〇日 発行
二〇一六年七月 五 日 三 刷

著 者 蓮《はす》實《み》重《しげ》彦《ひこ》
発行者 佐藤隆信
発行所 株式会社新潮社
東京都新宿区矢来町七一
郵便番号 一六二—八七一一
電話 編集部(03)三二六六—五四一一
読者係(03)三二六六—五一一一
http://www.shinchosha.co.jp
印刷所 大日本印刷株式会社
製本所 加藤製本株式会社

乱丁・落丁本は、ご面倒ですが小社読者係宛お送り下さい。送料小社負担にてお取替えいたします。
価格はカバーに表示してあります。

ISBN978-4-10-304353-9 C0093

「赤」の誘惑 フィクション論序説　蓮實重彦

漱石、鷗外、ポー、ハメットの名作の中にひそかに生れ、作者を読者を誘ない、火の如く世界を染め上げる魔性の色＝「赤」。徹底考察されたフィクション論の決定版。

随想　蓮實重彦

日本のお家芸と言われた島国根性が世界に蔓延し、はしたなさを露呈しあう時代に、我々が遠ざけるべき喧騒、親しむべき思索と快楽を軽やかに綴る、平成の「徒然草」。

電車道　磯﨑憲一郎

男はある晩、家族を残して家を出た。また別の男は突然、選挙に立候補する——。鉄道開発を背景に、日本に流れた百年の時間を描いた傑作長篇。磯﨑版『百年の孤独』。

文学の淵を渡る　大江健三郎　古井由吉

私たちは何を読んできたか。どう書いてきたか。半世紀を超えて小説の最前線を走りつづけてきたふたりの作家が語る、文学の過去・現在・未来。集大成となる対話集。

マイクロバス　小野正嗣

口のきけない青年は、入り組んだ海岸線に沿って、ただバスを走らせ続ける。まるで世界を縫い合わせるかのように——。芥川賞候補作となった表題作を含む二篇。

ピース・オブ・ケーキとトゥワイス・トールド・テールズ　金井美恵子

あたしとまだ三つだったあんたを置いて、とうさんは家を出て行った——。物語とドレスと映画と記憶と夢により生まれた前代未聞の物語。至福の小説がここにある！

空海　高村薫

日本人は、結局この人に行きつく——劇場型リーダーにして国土経営のブルドーザーだった千二百年前のカリスマ・空海。その脳内ドラマを70点の写真と共に再現する。

世界はゴ冗談　筒井康隆

巨匠がさらに戦闘的に、さらに瑞々しく——。老人文学の臨界点「ペニスに命中」、震災とSFの感動的な融合「不在」、爆笑必至の表題作など、異常きわまる傑作集。

鐘の渡り　古井由吉

暮らしていた女に死なれたばかりの人と山へ入って、ひきこまれはしないかしら——。三十男の二人旅を描く表題作ほか全八篇。現代最高峰の作家による表現の最先端。

明治の表象空間　松浦寿輝

世界はすべて表象である。太政官布告から教育勅語まで、博物誌から新聞記事まで、諭吉から一葉まで、明治のあらゆるテクストを横断する近代日本の「知の考古学」。

本格小説（上・下）　水村美苗

軽井沢に芽生え、階級と国境に一度は阻まれた恋が目を覚ます。戦後日本の肖像を描く血族史。現代版『嵐が丘』というべき超恋愛小説。
〈読売文学賞小説賞受賞〉

日本小説技術史　渡部直己

馬琴、漱石から一葉、尾崎翠まで、小説家が「自己の内面」や「出来事」を描き出す瞬間に生じる「言葉の技術」を緻密な豪腕で論じ、小説の読み方の根幹を築いた大作。